**02**

2003 '작가' 가 선정한

# 오늘의 시

작가

시대는 분명 수용자를 중시하는 방향으로 변하고 있다. 대통령 선거를 비롯한 각종 선거 과정에서, 노동조합원들의 집회에서, 심지어 각종 사건과 사건을 보도하는 방송사들의 모습에서 볼 수 있듯이, 수용자의 목소리가 이전 시대보다 결정이나 선택이나 처리에 있어서 영향력을 지니고 있는 것이다.

소수의 전문가에 의해서 비전문가인 다수가 상업적 전략의 대상으로 혹은 지배적 이념의 수용자로 교묘히 이용당하고 조종당하고 있는 것이 사실이지만, 그 수용 과정과 평가 과정에 있어서 다수의 목소리를 무시할 수 없는 것도 사실이다.

『2003 '작가'가 선정한 오늘의 시』는 이러한 시대적 흐름을 적극적으로 수용한 산물이다. 소수의 전문가가 좋은 작품을 선정하는 관례화된 기존의 방법을 지양하고 시와 관계하고 있는 시인, 평론가, 출판인, 편집인 등 다수가 선정과정에 참여함으로써 보다 객관성과 공정성 그리고 보편성을 얻으려고 한 것이다. 나아가 점점 시의 사회적 영향력이 떨어지고 있는 현실에서 시에 대한 관심을 불러일으키는 계기를 만들어보려고 한 것이다. 따라서 앞으로 시의 큰 영역인 독자들과 언론인까지 참여할 수 있는 방안을 적극적으로 마련해보려고 한다.

시는 개인의 고유한 산물이므로 고도의 주관성을 갖는다. 그러므로 추천이나 투표에 의해 그 질적인 평가를 일방적으로 할 수는 없는 것이다. 그렇지만 시 역시 사회적 존재가 낳은 산물로 사회성을 당연히

띠는 것이기에 사회적 참여를 통한 평가와 선정도 가능하다고 본다. 오히려 한스 로베르트 야우스(Hans Robert Jauβ)나 볼프강 이저 (Wolfgang Iser)가 독자들의 가치를 내세운 '수용미학'에서 주장한 것과 마찬가지로 시 이해의 민주화 과정이라고 긍정할 수 있는 것이 다. 따라서 이 사회적 참여 자체를 문제 삼기보다는 미흡한 점들을 어 떻게 채워나갈 것인가를 고민해야 할 필요가 있다.

이러한 의도로 엮어진 『2003 '작가'가 선정한 오늘의 시』가 사회적 존재자들에게 풍성하게 여겨지고 권위를 인정받을 수 있기를 희망한 다. 나아가 타락한 자본주의에 빠져 허우적거리는 시대인 모두가 진 정한 인간가치를 되돌아보는 계기가 되기를 기대한다.

『2003 '작가'가 선정한 오늘의 시』여, 저 넓은 세상의 바다로 어서 나아가라. 뱃심 좋게 헤엄쳐가라.

2002년 2월
기획위원회

## 오늘의 시집 · 서평

■편집후기 백 년이 지나도 사랑받을 '오늘의 시'
■추천작 목록 및 추천위원 명단

2003 '작가'가 선정한

# 오늘의 시

강연호 강은교 강형철 고재종
신발의 꿈_은빛 자루의 추억_손톱 깎는 남자_褙接의

김사인 김선우 김선태 김용락
범 람_세 한 도_참 회 록_第三十二番_悲 歌_인 연_

문인수 문태준 민병도 박규리
장국밥_그 변소간의 비밀_시월_못난 그리움_돌

박주택 서지월 손정순 손택수
墨竹_바람 타는 나무_명자나무 우체국_겨

안도현 오세영 유자효 유재영
지하철에 눈이 내린다_근심을 지펴 밥을 짓는다

이선영 이성복 이수명 이승은
거 대 한 테 이 블_문 안 에 , 혹 은

이재무 이정록 이정환 이종문
가 계 부_노 란 단 무 지_섬 냉 장 고_의 자_麟 角

정끝별 정수자 정일근 정진규
이 카 루 스 나 무_춘 수 (春 瘦 )_如 如_죽 비

천양희 최승호 최영철 최종천
이 슬_마 들 은 없 다_구 름 들_다 대 포 일 몰_칼 과

함민복 허만하 홍일선 황동규

# 오늘의 시

고형렬 권혁웅 김기택 김언희

_내게는 느티나무가 있다_소_얼음물고기_풍경의 깊이

김춘수 김해자 김혜순 나희덕

_葬의 습관_쉬_저녁에 대해 여럿이 말하다

박기섭 박두규 박라연 박신

에서_전봉건 추억_정육점_내리는 눈_황사 바람

송수권 송재학 송종찬 신경림

수리_낙타_간격_욕정_칼의 연가_별을 보며

윤제림 이기철 이문재 이성복

꽃_장도열차_잃어버린 반지_언니라는 말의 배꼽

이승하 이우걸 이윤학 이은봉

밖에_땅에서 나서 하늘로 간다

이태수 임영조 장석원 장석남

반_술타령_성선설_내일도 마당을 깨겠다

정철훈 정해종 진수미 차창룡

초겨울_耳鳴_라일락_아비뇽의 처녀들

최정례 최하림 하재연 한광구

꽃_入住_메밀밭에서는_듣는 사람_화요일밤

황인숙 어민후계자 함현수_흙의 꿈_매향리에 관한 명상_다시 마르는 이파리_공터

## 신발의 꿈

쓰레기통 옆에 누군가 벗어놓은 신발이 있다
벗어놓은 게 아니라 버려진 신발이
가지런히 놓여 있다
한 짝쯤 뒤집힐 수도 있었을 텐데
좌우가 바뀌거나 이쪽저쪽 외면할 수도 있었을 텐데
참 얌전히도 줄을 맞추고 있다
가지런한 침묵이야말로 침묵의 깊이라고
가지런한 슬픔이야말로 슬픔의 극점이라고
신발은 말하지 않는다
그 역시 부르트도록 끌고온 길이 있었을 것이다
걷거나 발을 구르면서
혹은 빈 깡통이나 돌멩이를 일없이 걷어차면서
끈을 당겨 조인 결의가 있었을 것이다
낡고 해어져 저렇게 버려지기 전에
스스로를 먼저 내팽개치고 싶은 날들도 있었을 것이다
이제 누군가 그를 완전히 벗어 던졌지만
신발은 가지런히 제 몸을 추슬러 버티고 있다
누가 알 것인가, 신발이 언제나
맨발을 꿈꾸었다는 것을
아 맨발, 이라는 말의 순결을 꿈꾸었다는 것을

그러나 신발은 맨발이 아니다
저 짓밟히고 버려진 신발의 슬픔은 여기서 발원한다
신발의 벌린 입에 고인 침묵도 이 때문이다

(현대시학, 6월호)

### 시 작 노 트

　침묵과 슬픔에 대해 곰곰 새겨보고 싶었다. 세상은 여전히 시끄럽고 그래서
다들 엄살을 떨곤 했지만, 침묵의 깊이와 슬픔의 극점에 대해 거듭 되짚어보고
싶었다. 어떤 침묵의 깊이나 슬픔의 극점이, 저 가지런히 버려진 신발을 감당할
수 있으랴. 누군들 그 깊이와 극점에서 훌훌 벗어나고 싶지 않으랴. 역설적이지
만, 신발의 꿈은 맨발에 있다. 맨발의 순결함에 있다. 그러나 신발은 결국 신발
일 뿐, 낡고 해져서 결국에는 버려지게 된다. 그 운명이 어찌 신발뿐이랴.

**강 연 호** 1962년 대전 출생. 고려대학교 국문과 및 동 대학원 졸업. 1991년 《문예중
앙》으로 등단. 1995년 현대시 동인상 수상. 시집으로 『비단길』, 『잘못 든 길이 지도를
만든다』, 『세상의 모든 뿌리는 젖어 있다』 등이 있음. 현재 원광대학교 문예창작과 교
수로 재직중. yhkang@wonkwang.ac.kr

# 은빛 빗자루의 추억

어둠이 찐득찐득 벽아래
누워 있던 그 복도,
청소 도구함에 꽂혀서 천정을 보고 있던 빗자루 하나
공중을 향하여 자랑스레 고개를 쳐들고 있던 은빛 빗자루 하나

찢어진 먼지알 하나도 가슴에 깊이 품은 빗자루 하나
그 먼지알 종일토록
껴안고 핥아대는 빗자루 하나

빗자루 하나의 통통한 가슴이 허공에 빛난다

누가 자꾸 여는가, 그 문
모래 투성이,
여는가,

오늘 참 눈부시게 빛나는, 빛나는 빗자루 하나
은하의 별처럼 빛나는, 빛나는 빗자루 하나

우리 모두 끌고 가는 은빛 빗자루 하나

(현대시학, 10월호)

## 시 작 노 트

..........그 종소리 속에 들어 있는 소리..........그 구두 속에 들어 있는, 그러나 아무도 들을 수 없는 소리...........그날 태풍의 우렁찬 소리, 태풍 속으로 뛰어나가 맞던, 빗방울의 심장이 부딪히며 달려드는 따가운 소리,..........멍하니 서 있는, 언제나 멍하니, 서 있기만 하는 가로등의 소리, ......... 세상의 모든 열쇠 속에 들어 있는 소리, 짤각하며 벽들에 가슴을 붙여보는 그 소리,...........그 귀뚜라미 속에 들어 있는 소리.......,뛰어가는 – 저 뛰어가는 그림자들의 소리.............찌개들의 끓어오르는 소리...., 질주하는 트럭 위의 통나무 소리......., 질주하는 트럭 위의 쇠부스러기들의 소리..............,사진들의 소리...........,오래 달려온 엽서의 소리, ............길의 소리......,어디선가 흐르는 샘물의 소리.......,밤 – 문을 열면 집안에서 오래 기다렸다가 나에게로 달려오는 어둠, 그 찐득찐득한 팔이 벽에 부딪는 소리, 지난 낮 어느 복도에선가 보았던 빗자루와 함께 그 어둠 찐득찐득 피를 세상에 흘리는 소리..........,오늘도 나는 모든 '소리'의 구체화를 향하여 달려간다. 경자(磬子)를 흔들며.

**강 은 교** 1945년 함남 홍원 출생. 1968년《사상계》로 등단. 시집으로 『허무집』, 『벽 속의 편지』, 『등불 하나가 걸어오네』 등이 있으며, 산문집으로 『그물 사이로』, 『달팽이가 달릴 때』 등과 시화집 『젊은 시인에게 보내는 편지』가 있음. 한국문학작가상, 현대문학상 등 수상. 현재 동아대학교 교수로 재직중. pilgrimk1412@hanmail.net

# 손톱 깎는 남자

도심으로 향하는 버스 정류장에 서서
그는 손톱을 깎는다

기다리는 버스를 외면한 채
오랜만에 손톱을 깎는다

마음 속에 젖어드는 평안
오래 길어난 것은 손톱만이 아니다

어느 새 쫑쫑 입을 내민 은행잎
안쪽으로 빠르게 숨는 사내의 짧은 비애

마침내 그는 손톱을 다 깎고
손가락 끝을 후후 불며
다가올 버스를 기다린다

그 긴 휴식을 아무도 눈치채지 못한다

(문예중앙, 여름호)

## 시 작 노 트

일들과 인연들은 우리를 끌고 시간 위에서 여러 곳으로 유랑하고 있다. 나는 늘 그 관계망 속에서 명멸하고 있을 뿐이다. 내가 나를 확인하는 시간은 딱딱한 고형질로 몸에서 은밀하게 자라는 손톱을 확인하는 순간에나 겨우 주어질 뿐이다.

정류장에서 우리 앞에 온 버스는 내가 의지적으로 이용하는 그 무엇이 아니라 전령처럼 나를 데리고 이른바 현대로 가는 저승사자이다.

습관적으로 체포되는 몸을 잠시 제어하고 어린 시절 어머니에게 잡혀 손톱을 깎이는 세월로 잠시 돌아가는 그 순간이야말로 오늘 우리가 순정한 나에게로 돌아가 방학을 보내는 긴 휴식시간이 아닐까? 그런 순간이면 은행잎이 '쫌쫌' 몸을 내밀겠지…

**강 형 철** 1955년 전북 군산 출생. 숭실대 철학과 및 동대학원 국어국문학과 박사과정 졸업. 1985년『민중시』제2집에 작품을 발표하며 등단. 시집으로『해망동 일기』,『야트막한 사랑』,『도선장 불빛 아래 서 있다』등이 있으며, 평론집으로『시인의 길, 사람의 길』,『발효의 시학』등이 있음. 현재 민족문학작가회의 상임이사. 숭의여자대학 문예창작과 교수로 재직중. hckang55@hanmail.net

# 褙接의 시

폭설에 찢긴 마을의 팽나무 가지에
누군가 황토를 짓이겨 바르고
새끼줄로 촘촘히 동여매 준 걸 본다
한때 죽세공이었던 우리 아버지
시린 삼동에 시린 대통을 쪼개다가
그 벼린 대칼에 손가락을 찍히면
벌어진 틈으로 빨간 혀를 내밀던 속살!
삶은 그렇게 오금 떨리는 상처에
늘 날 선 댓날 스치는 아픔이었지만
할머니는 그때면 헝겊쪽에 밥풀칠을 해서
그 진저리치는 손가락을 잘 감아 주었다
이른바 褙接이라는 것이었는데
나뭇가지거나 손가락이거나
그 상처를 아물리는 마음은 얼마나 미쁜가
봄이면 팽나무 가지는 다시 잎을 피워
수만 박수갈채로 누군가를 맞을 게다
내 시도 혹여 누군가의 마음을 쓸겠지만
지상의 눈물을 하늘의 별로 바꾸진 않으리

(시로여는세상, 봄호)

18

## 시 작 노 트

정치와 경제의 두 수레바퀴에 찢긴 삶의 상처를 싸매는 시, 최첨단 과학기술에 의해 조각조각 분해된 진리와 세계의 총체성을 회복시키고자 하는 시, 싸늘한 이성과 지식에 의해 재단된 사랑의 꿈을 다시 꾸는 시가 '牒接의 시'가 아니겠는가! 너무 거창한가?

**고 재 종** 1957년 전남 담양 출생. 1984년《실천문학》으로 등단. 시집으로『바람 부는 솔숲에 사랑은 머물고』,『새벽 들』,『사람의 등불』,『날랜 사랑』,『앞강도 야위는 이 그리움』,『그때 휘파람새가 울었다』등이 있음. 신동엽창작기금 수혜, 시와시학 젊은시인상, 소월시문학상 수상. *kojaejong21@hanmail.net*

# 千手

남자는 해가 질 때 엉망이 된 머리로 미장원을 찾아온다
그가 남자 머리를 만지면 내부는 수박 속 씨처럼 환해진다
미장원이 내다보이는 방 안에서 남편은 독서를 한다
벚꽃 필 때도 있었고 세모의 마른 눈이 날린 날도 있었다
서구에서 그는 은빗과 은가위를 들고 머리칼을 손가락에 끼고
아껴가며 삭둑삭둑 자른다 이렇게 떨어지는 머리카락 같았으면
그러다 남자는 그의 천수 속에서 잠이 들었다
천수의 손놀림은 안에서 흠흠 헛기침하는 소리를 무시한다
남자는 해가 지는 2001년 하노이에서 머리를 맡긴 사람이 된다
1월에 소가 풀을 뜯는 겨울은 나무 밑에서 이발을 했던 것
모근에 숨은 모든 악취는 연기처럼 사라져라! 제발
남자는 늘 이렇게 그의 가게에서 머리를 자르고 나왔다
남편은 그가 귀여운 모양이다 남자는 허락을 받은 사람처럼
그의 손에 맡겨졌고 그도 똑같이 머리를 어루만진다
어둠이 내다보이는 방 안에서 남편은 독서를 계속한다
남자는 머리가 엉망이 되길 기다리며 도심에서 낡아갈 것이다
그도 남자도 조금씩 금빛처럼 노을처럼 사라지고 있지만
저쪽에 긴 여름비가 오고 은빛 천수의 은가위만 놀고 있을 뿐

(현대문학, 5월호)

## 시 작 노 트

천수란 무엇이냐고 묻는다면 그래서 대답을 했다면 그건 천수가 아니라고 말하겠다. 그냥 천수라고 읽어주기 바란다. 아무 뜻도 아니기를 바랄 때도 있는 것이니까. 대답하기 싫을 수도 있다는 것을 이해하자. 그리고 그게 엉뚱해져서 사람 이름이 되어도 좋다는 생각이 든다. 웬 투정이고 고집인가 하겠지만 그 정도만 이해해도 괜찮을 법하다. 빤히 들여다보이고 이해되는 것을 탓할 바는 아니지만 그러나 세상이, 사람이 과연 그렇기만 하고 그렇게 단순할까 의문을 가진다. 존재를, 관계를 너무 단순하게 생각하는 버릇들은 그래서 내 생각에 고쳐져야 할 것 같다.

천수 너는 너대로 나는 나대로 가는 것이다. 너를 저 알 길 없는 어느 지방에 방치하고 싶은 마음으로 어느날 저녁거리에서 머리를 깎았다. 나는 너무나 먼 곳에 멀둥멀둥 있었다. 또 너는 한 그루의 나무처럼 거기서 평생을 보내고 있을 것이었다. 말을 하자면 이 시는 사실 김정환 형하고 같이 베트남 하노이에 갔을 때 떠오른 생각을 서울 화곡동에서 재생한 것에 불과하다. 그게 시라면 또 할 말이 무엇이겠는가 싶다. 베트남 저녁 한데서 머리를 깎는 것을 보았으니 이것을 알 이가 누가 있겠는가 말이다. 따라서 이 시는 엉뚱하게 해석되어져야 한다는 생각이 그래서 마음에서 떠나질 않는다.

**고 형 렬** 1954년 전남 해남 출생. 1979년《현대문학》으로 등단. 시집으로 『대청봉 수박밭』, 『해청』, 『성에꽃 눈부처』, 『김포 운호가든집에서』 등이 있음.
sipyung2000@yahoo.co.kr

권
혁
웅

# 내게는 느티나무가 있다

느티, 하고 부르면 내 안에 그늘을 드리우는 게 있다
느릿느릿 얼룩이 진다 눈물을 훔치듯
가지는 지상을 슬슬 쓸어 담고 있다
이런 건 아니었다, 느티가 흔드는 건 가지일 뿐
제 둥치는 한 번도 흔들린 적이 없다
느티는 넓은 잎과 주름 많은 껍질을 가졌다
초근목피(草根木皮)를 발음하면
내 안의 어린것이 칭얼대며 걸어온다
바닥이 닿지 않는 쌀통이나
부엌 한쪽 벽에 쌓아둔 연탄처럼
느티의 안쪽은 어둡다 하지만
이런 것도 아니다, 느티는 밥을 먹지도 않고
온기를 쐬지도 않는다
할머니는 한 번도 동네 노인들과 어울리지 않으셨다
그저 현관 앞에 나와 담배를 태우며
하루종일 앉아 있을 뿐이었다
이런 얘기도 아니다, 느티는 정자나무지만
할머니처럼 집안에 들어와 있지는 않으며
우리 집 가계(家系)는 계통수보다 복잡하다
느티 잎들은 지금도 고개를 젓는다
바람 부는 대로, 좌우로, 들썩이며,

부정의 힘으로 나는 왔다 나는 아니다 나는 안이다
여기에는 느티나무 잎 넓은 그늘이 그득하다


(문학사상, 1월호)


### 시 작 노 트

"느티"라는 음상(音相)이 시를 짓게 했으나, 그 뒤에 너무 많은 기억이 나를 따라왔다. 느티나무는 동구 밖에 서 있는 바로 그 나무였고, 쌀통이었고, 연탄을 쌓아둔 부엌이었고, 무엇보다도 할미니었고 그리고 거기에서 벗어나고 싶은 내 자신이었다. "부정의 힘으로 나는 왔다", 이 말을 하는 데 35년이 걸렸다.


권 혁 웅 1997년 《문예중앙》으로 등단. 시집으로 『황금나무 아래서』가 있음.
hyoukwoong@hanmail.net

김기택

# 소

소의 커다란 눈은 무언가 말하고 있는 듯한데
나에겐 알아들을 수 있는 귀가 없다.
소가 가진 말은 다 눈에 들어 있는 것 같다.

말은 눈물처럼 떨어질 듯 그렁그렁 달려 있는데
몸 밖으로 나오는 길은 어디에도 없다.
마음이 한 움큼씩 뽑혀나오도록 울어보지만
말은 눈 속에서 꿈쩍도 하지 않는다.

수천만 년 말을 가두어두고
그저 끔벅거리고만 있는
오, 저렇게도 순하고 동그란 감옥이여.

어찌해볼 도리가 없어서
소는 여러 번 씹었던 풀줄기를 배에서 꺼내어
다시 씹어 짓이기고 삼켰다간 또 꺼내어 짓이긴다.

(현대문학, 12월호)

## 시 작 노 트

나는 수다쟁이가 부럽다. 몸 속에 저장된, 아무리 많이 꺼내 써도 남아도는 말들. 그 말들을 빠르고 정확하게 혀에 전달하는 순발력. 귀가 감지한 상대방의 말을 순간적으로 해석하고 적확한 대답을 골라내는 민첩성. 말을 살아있게 만드는 다양한 표정과 음악 같은 운율과 웃음 또는 한탄과 제스처의 신비한 조화.

처음 보는 사람 아무나 하고도 십년지기인 듯 대화하는 말의 달인들은 보는 것만으로도 즐겁다. 할 말이 빈약하고 전달하는 데도 서툴러서 입이 달린 지 사십여 년이 되도록 소처럼 말이 어눌한 나는 마술 구경하듯 그저 입만 벌리고 바라볼 뿐이다.

**김 기 택** 1957년 안양 출생. 1989년 《한국일보》 신춘문예로 등단. 시집 『태아의 잠』, 『바늘구멍 속의 폭풍』, 『사무원』 등이 있음. 김수영문학상, 현대문학상 수상.
muwoosu@kornet.net

김명인

# 얼음물고기

탁자 사이를 갈라놓은 수족관을 한 채
얼음덩이로 본 것은
결빙에서 방금 깨져나온 듯 투명한
저 은빛 물고기들이
빙하 속에 산다는 그 무슨 어족으로 겹쳐 보였기 때문일까.
얼음 속을 헤엄칠 때 물고기들
시린 체온을 견뎌내는지, 움직임이 거의 없다.
겹겹의 불빛을 껴입은
반사의 비늘들만 반짝거리며 눅눅한 실내
환하게 닦아낼 뿐,

얼음물고기, 아가밀 뻐끔거리면 수족관 안쪽으로
뿌옇게 물무늬가 서린다.
투시된 내장 속으로 무지개의 말들 막 쟁여지는지,
어떤 소리도 금세 얼어붙는 빙점 아래인 듯
가끔씩 기포들이 피어오른다. 그 언저리에
얼음물고기가 넓혀놓은 상상의 자리가 있음을 나는 느낀다.

저 물고기 빙하의 바닥에까지 닿아 있어
아무것도 아닌 일로 출렁거리는 내 삶과는 무관하다.
오지 않을 친구를 오후 내내 기다리며

끓어올랐던 신열(身熱) 삭여내려면
스스로 얼음물고기라도 한 마리 지어보는 것,
그리하여 심해의 침묵이 저 얼음물고기와 놀게 한다.
지금 단단해진 생각 속으로 스미며
얼음물고기 헤엄치고 있다.
처음엔 나도 얼음의 한 무늬인 줄만 알았다.

얼음물고기라고 왜 저의 사리(舍利)를 갖지 못하겠는가.
금강석의 차가움으로 오래 단련되어야 하는 질문을
미처 우리가 몰랐을 뿐,
그러므로 저기 얼음물고기가 있었다 한들
얼음의 경계를 벗어나 사라진 것들에 대해
거듭 물어보는 것은 도리가 아니다.
어떤 흔적도 제 몸으로 새기지 않으므로
얼음물고기 저렇게 투명하고 고요하다.

하지만 우리 모두 위안의 말들을 그리워하므로
대기에 스치는 순간 녹아버리는 운석이 되더라도
우박을 헤치면서
꽁꽁 언 몸을 끌고 입김 사이로 오는 것이리라.
녹은 물고기 이제 얼음 호수로 돌아가지 못한다.

넘치도록 흘러온 빙하
물고기떼를 이끌고 갔는지, 수족관에는
작은 열대어만 맴돌 뿐 어디에도 얼음물고기 없다.
상상의 테두리에 닿는 순간 얼음물고기 저를 녹여
흔적도 없이 사라져버린 것일까.

(현대문학, 12월호)

**김 명 인** 1946년 경북 울진 출생. 1973년 《중앙일보》로 등단. 시집으로 『동두천』, 『물 건너는 사람』, 『바다의 아코디언』 등이 있음. 소월시문학상, 현대문학상, 이산문학상 등 수상. 현재 고려대학교 문예창작과 교수로 재직중. mikim@korea.ac.kr

# 풍경의 깊이

바람 불고
키 낮은 풀들 파르르 떠는데
눈여겨보는 이 아무도 없다.

그 가녀린 것들의 생의 한순간,
의 외로운 떨림들로 해서
우주의 저녁 한때가 비로소 저물어간다.
그 떨림의 이쪽에서 저쪽 사이, 그 순간의 처음과 끝 사이에는
무한히 늙은 옛날의 고요가, 아니면 아직 오지 않은 어느 시간에
속할 어린 고요가
보일 듯 말 듯 옅게 묻어 있는 것이며,
그 나른한 고요의 봄볕 속에서 나는
백 년이나 이백 년쯤
아니라면 석 달 열흘쯤이라도 곤히 잠들고 싶은 것이다.
그러면 석 달이며 열흘이며 하는 이름만큼의 내 무한 곁으로 나
비나 벌이나 별로 고울 것 없는 버러지들이 무심히 스쳐가기도 할
것인데,

그 적에 나는 꿈결엔 듯
그 작은 목숨들의 더듬이나 날개나 앳된 다리에 실려온 낯익은
냄새가

그 어느 생에선가 한결 깊어진 그대의 눈빛인 걸 알아보게 되리라 생각한다.

(문학동네, 겨울호)

**김 사 인** 1956년 충북 보은 출생. 서울대 국문과 졸업. 1982년 동인지《시와경제》에 시를, 같은 해《한국문학의 현단계 1》에 평론을 발표했음. 시집으로『밤에 쓰는 편지』등이 있음. 현재 동덕여대 문예창작과 겸임교수로 재직중. silentin@dongduk.ac.kr

# 범람

대전 가는 버스에 동승했던 사내를 대전에서 집으로 돌아오는 막차에서 또 만났다 완행이었다

내 좌석 바로 뒷자리 술 냄새를 풍기며 사내가 곤히 잠들었다 가끔 손바닥으로 쿵쿵 등받이를 치면서 무거운 몸이 귀찮아 죽겠다는 듯, 늦가을 길 위에서 만난 늙은 풀벌레 헐거운 전신으로 "끙—" 힘겹게 뒤척이듯이

여섯 시간 전 그 사내 버스에 올라 대전에 도착할 때까지 형에서 처조카 선배에서 후배까지 연신 전화를 해대던, 침묵이 두려운 이의 불안이 사뭇 쾌활하게 우렁우렁하며 응, 내가 북파 간첩이잖아, 응, 대전에 집회가 있어 가는 길인데, 응, 북파라니간, 응, 서울도 가야지, 응, 데모하러, 응, 아니야, 이젠 말해도 돼, 가야지, 응, 내가……

충주 지나 강원도 들어 자그만 마을에 정차할 때마다 화들짝 놀라 두리번거리다가 씨발…… 잠결에 한마디씩 독하게 내뱉으며 씨발…… 풀잎 끝 난간에 앉아 고개를 주억거리는 늙은 명주잠자리처럼 사내가 가끔씩 날개를 털었고 씨발…… 그때마다 어두워진 들녘에서 모래바람이 붉은 반점처럼 번져왔는데

오십이 훌쩍 넘은 덩치 큰 사내가 뒤척이다 별안간 "엄마—" 하였다

칼끝처럼 그 말이 내 귀를 찔러 누군가 열어놓은 차창으로 왈칵 아까시 꽃냄새 밀어닥쳤는데 엄마……

시방을 떠돌던 남루한 내 연인이 짧고 괴로운 낮잠에 들었다가 "엄마—" 잠꼬대하는 것을 물끄러미 바라보던 늦은 봄날이 있었다 어깨를 가만 빌려주고 그의 손금을 쓰다듬어 벌레 먹은 잎사귀를 따내어주던 그날도 내 귓속으로 아까시아까시 희디흰 꽃 냄새가 홍수로 번지던 완행버스 안이었다

(실천문학, 가을호)

## 시 작 노 트

추락하는 것, 이미 추락한 것이 만드는 허공의 구멍을 생각한다. 보이거나 안 보이는 겹겹의 허공에는 이 별에 목숨을 부렸던 숨붙이들이 추락하면서 만든 구멍들이 얼음구멍처럼 숭숭할 것이다. 그것은 아주 가끔 보였다가 종종 안 보인다. 보이는 것이 바닷물을 끌고 오기도 하고 안 보이는 것이 달을 끌고 오기도 한다. 허공의 구멍들은 흔히 상처로 깊어지지만 그 구멍 속에서 해가 뜨고 달이 돋고 바닷물이 넘치고 바람이 개울을 돌아다닌다. 시시로, 허공의 구멍 밑바닥으로부터 차오른 아픈 향내가 범람한다. 허공의 구멍을 넘어 다른 허공으로 간다.

**김 선 우** 1970년 강릉 출생. 1996년 《창작과비평》으로 등단. 시집으로 『내 혀가 입 속에 갇혀 있길 거부한다면』이 있으며, 산문집으로 『물 밑에 달이 열릴 때』가 있음. ksw2100@hitel.net

김선태

# 세한도

비틀비틀 따라온 길이 하나 가파르게 집에 닿는다
외모진 바다 기슭, 집은 갯고둥처럼 엎드려 있다
바다에는 무겁게 팔짱을 낀 섬들 여럿 떠 있고
날마다 황혼은 외론 마음을 불태우며 떨어진다

솔가지 꺾어 아궁이 불 지필 때 나는 저녁연기
저 혼자 눈물겹다, 꺼질 듯한 등불을 내건 집
방바닥처럼 차디차다, 이불 한 장에 덮인 마음
거기 공복의 쓰린 희망 하나 단정히 누워 있다

유리창 너머 또 밤이 페인트처럼 흘러내린다
돌연 어제와 오늘의 풍경을 지우는 어둠은 고맙다
불을 끄고 마음도 끄니 세상이 한없이 넉넉하다
밤새 파도가 물어뜯는지 바다 기슭 온통 아프다

지극하구나, 과거를 사납게 읽고 가는 저 바람소리
여기, 여기까지 와서야 나는 세상을 다시 본다
어둠 한 장 위에 오체투지로 시를 지우고 쓴다
유리창에 성에꽃 만발하다

(현대시, 4월호)

34

## 시 작 노 트

생활에도 시에도 정착하지 못한 마음이 사방팔방을 두루 헤매던 시절이 있었다. 어느 해 겨울이던가, 나는 남쪽 끝 진도의 어느 바닷가 외딴 집에 낮게 엎드려 겨우살이를 했던 적이 있었다. 차라리 스스로를 차갑고 모진 곳에 버려두고 싶었다. 참회의 눈물과 더불어 지극해지고 싶었다. 지금도 밥벌이에 지치면 마음이 어느새 도망가선 그곳에 나자빠져 있으니 이를 어찌할 것인가.

**김 선 태** 1960년 전남 강진 출생. 원광대학교 대학원 국문학과 박사과정 졸업. 1993년 《광주일보》 신춘문예와 《현대문학》으로 등단. 시집으로 『간이역』, 기행산문집에 『강진문화답사기』 등과 『김현구 시 연구』 등의 연구서가 있음. 현재 광주여대 문예창작학과 교수로 재직중. ksentae@hanmail.net

# 참회록

김용락

보플보플 길이 잘든 인조수세미에
저공해 세제를 적당량 묻혀
개수대 안에 제 멋대로 널부러져 있는
그릇을 닦기 시작한다
이제는 군데군데 이가 빠진 쟁반이며
바닥에 새겨진 다소 촌스런 매화 문양과
날아갈 듯한 학의 비상이 희미해지도록
이 골목 저 동네 끌고 다니며 함께 해온 밥과 국그릇
금이 가고 깨어지고 온전한 게 별로 없다
가족들이 출근하고 각기 등교한 후
어두컴컴한 개수대에서
고단한 인생살이로 이미 굽은 등을 더욱 구부리고
낡은 그릇을 닦는 것은
누구의 말처럼 슬픈 사람의 뒷모습이
닦여진 그릇의 표면에 나타나기 때문도 아니요
얼룩 많은 나의 참회록을 생각하기 때문은 더욱더 아니다
그저 황망한 아침 특별히 생각나는 사람도
해야할 일도 마땅히 없는 그런 날 그렇게 개수대 앞에서
내가 짊어지고 가야할 앞날을
잠깐 생각해 보는 것이다 얼룩이 진 그릇을 닦으면서

(시경, 가을호)

## 시 작 노 트

사실 참회록을 쓰기엔 아직 젊은 나이이다. 시 내용대로 집안에서 혼자 설거지를 하면서 느낀 단상을 메모한 데 불과한 것이다. 참회록을 쓰지 않는 인생이 있기는 어려울 것이다. 그러나 그 내용이 어떤 것이냐에 따라 삶의 내용에 대한 평가도 달라질 것임이 분명하다. 문득 그런 생각을 해 보았다.

**김 용 락** 1959년 경북 의성 출생. 1984년 창작과비평 신작시집 『마침내 시인이여』로 창작활동 시작. 시집으로 『푸른별』, 『기차소리를 듣고 싶다』, 『시간의 흰 길』 등이 있으며, 비평집으로 『지역, 현실, 인간 그리고 문학』, 『민족문학논쟁사연구』 등이 있음. 현재 민족문학작가회의 대구지회장. yrk525@hanmail.net

## 第三十二番 悲歌

송사리떼가
개천을 누비고 있다.
송사리는 떼단위로
몰려갔다 몰려왔다 한다.
잠도 떼단위로 자고 떼단위로 잠을 깬다.
송사리에게는 我라는 것이 없다.
너무 작아
있다 해도 눈에 띄지 않는다. 그러나
송사리는 혼자서 태어나고 혼자서 죽는다.
송사리떼가
개천을 누비고 있다.
개천에 자기 그림자를 만든다.
자기 그림자를 만들어놓고
송사리떼는 어디로 갔나
보자기만한 그림자 하나가 이리저리
개천을 누비고 있다.


(시안, 가을호)

### 시 작 노 트

송사리는 집단으로 움직인다. 그것이 혼자인 것처럼 보인다. 그러나 물론 송사리는 혼자서 태어나서 혼자서 죽는다. 송사리떼가 움직일 때는 송사리는 보이지 않고 한 집단의 그림자만 보인다. 거기에 무슨 뜻이 있는 듯도 한데 내 능력으로는 그 뜻을 헤아리지 못한다.

**김 춘 수** 1922년 경남 통영 출생. 1945년 〈통영문화협회〉를 결성하며 본격적인 문학활동 시작. 시집으로 『구름과 장미』, 『부다페스트에서의 소녀의 죽음』, 『처용』, 『들림, 도스토예프스키』, 『겨울 속의 천사』 등 다수가 있음. 한국시협상 등 수상.

# 인연

너덜너덜한 걸레
쓰레기통에 넣으려다 또 망설인다
이번엔 꼭 버려야지 하다
삶고 말리기를 반복하는 사이
또 한 살을 먹은 이 물건은
1980년 생;
연한 황금색과 진한 주황빛이 만나
제법 그럴싸한 목욕타월로 팔려 온 이놈은
의정부에서 조카 둘을 안아주고 닦아주며
잘 살다 인천 셋방으로 이사온 이래
목욕한 내 딸의 알몸을 뽀송뽀송 감싸주며
수천 번 젖고 젖은 만큼 다시 마르면서
서울까지 따라와 두 토막
걸레가 되었던;
20년의 생애, 더럽혀진 채로는
버릴 수 없어 거딜난 생 위에
비누칠을 하고 또다시 삶는다
화염 속에서 어느덧 화엄에 든 물건
쓰다 쓰다 놓아버릴 내 몸뚱이

(당대비평, 여름호)

**시 작 노 트**

　더럽혀진 채 버려지는 게 사물과 관계의 생리겠지만 좀처럼 놓아지지 않는 게
있기도 하는가. 그게 업이고 인연인가. 거덜난 걸레의 생애가 잠시 80년 광주와
맺은 내 청춘과 겹쳐졌던가. 아프지만 빛났다던 과거를 팔아 너덜한 현재를 견
뎌내는 블랙코미디 같은 세월, 도리질하다 화탕지옥에서 거듭나는 원융무애한
화엄을 꿈꾸다. 그 물건은 또 젖은 몸을 말리고 있다.

**김 해 자** 1961년 목포 출생. 1998년 《내일을여는작가》로 등단. 시집으로 『無花果는
없다』가 있음. haija21@hanmail.net

# 봄비

내가 네 생각만 하다가 내릴 곳을 놓쳤다
세워주세요 벨을 누르자 비가 쏟아졌다
길거리 사람들의 몸이 사선으로 기울었다
내가 빗속으로 뛰어들자 그들의 비명소리
뛰어가는 사람들의 목구멍 속에서 말하는 새들이 고개를 내밀
었다
남의 몸에 살긴 싫어 그 새들이 소리쳤다
남자는 여자를 따라가고 여자는 여자를 따라가고
여자는 아까 그 남자를 따라 달려갔다
버스에서 뒤따라 내린 아저씨가 나에게 언니 언니 부르며 따라
왔다
아저씨의 가슴 위에 꽂힌 손수건이 꺾인 꽃처럼 펄럭였다
면역 시스템이 망가진 하늘이 기침을 해댔다
허벅지 밑에선 이미 검은 반점들이 전신으로 번지고 있었다
빌딩 꼭대기에 붙은 시계바늘들이 일제히 오른쪽으로 기울고
얼어붙었다가 지금 막 녹고 있는 진흙덩어리
못난 얼굴들이 땅바닥에 척 척 떨어져 뒹굴었다
남의 몸에서 살던 새들이 일제히 날아오르며
침을 갈기며 마구 마구 소리를 질렀다
네 생각만 하던 내 머리통이 거리 전체로 번졌다

(시작, 여름호)

## 시 작 노 트
봄비 내리는 날, 썼다.

**김 혜 순** 1955년 경북 울진 출생. 1979년 《문학과지성》으로 등단. 시집으로 『또다른 별에서』, 『아버지가 세운 허수아비』, 『어느 별의 지옥』, 『우리들의 음화』, 『나의 우파니 샤드 서울』, 『불쌍한 사랑기계』, 『달력 공장 공장장님 보세요』 등이 있음. 김수영문학 상, 소월문학상, 현대시작품상 등 수상. 현재 서울예술대학 문예창작과 교수로 재직중.

# 風葬의 습관

房에 마른 열매가 늘어나고 있다는 사실을
깨달은 것은 오늘 아침이었다.
구석구석 마른 꽃들이 놓여 있다는 것도.
부엌 찬장에는 병마다
담근 술과 잼이 담겨 있다는 것도.

책상 위에 놓여 있던 석류와 탱자는 돌보다 딱딱해졌다.
향기가 사라지니 이제야 안심이 된다.
그들은 향기를 잃는 대신 영생을 얻었을지
모른다고, 단단한 껍질을 어루만지며 중얼거려본다.
지난 가을 내 머리 위에 후둑후둑 떨어져 내리던
도토리들도 종지에 가지런히 담겨 있다.
그 중 한 알을 흔들어보니 희미한 종소리가 난다.
마른 찔레 열매는 아직도 붉다.
싱싱한 물기를 머금고 있는 꽃다발을 보면서도
스스로의 습기에 부패되기 전에
내가 먼저 그들을 장사지내 주어야 한다는 생각이
때이른 風葬의 습관으로 나를 이끌곤 했다.
바람이 잘 드는 양지볕에
향기로운 육신을 거꾸로 매달아

피와 살을 증발시키지 않고는 안심할 수 없었던,
또는 고통의 설탕에 절인 과육을
뜨거운 불 위에 올려놓고 나무주걱으로 휘휘 저으며
어딘가로 달아나지 않고는 견딜 수 없었던,
심지어 홍시를 가지째 벽에 매달아놓고
그것이 노파의 젖가슴처럼 오그라붙을 때까지 기다리던,
나는 일종의 건조증에라도 걸린 것일까.
누군가 나에게 꽃을 참 잘 말린다고 말했지만 그건
유목의 피를 잠재우는 일이었을 뿐이라고,
오늘 아침 房에 들어서는 순간
후욱 끼치던 마른 꽃냄새, 그 겹겹의 입술들이,
한번도 젖은 허벅지를 더듬어본 적이 없는 그 입술들이
일제히 나를 향해 외치는 소리를 들었다.
나비처럼 가벼워진 꽃들 속에서
나는 보았다, 그들과 함께 風化되고 있는 자신을.

(문학 판, 여름호)

## 시 작 노 트

이 시를 쓰고 난 뒤 얼마가 지나서였다. 책상 위에 놓여 있던 마른 석류를 들여다보니 그 주변에 검붉은 가루가 흩어져 있었다. 시큼한 물기를 안으로 말려가면서 이 년 넘게 썩지 않은 석류를 보며 '불멸'이라는 말을 떠올리기까지 했는데, 그 단단한 껍질을 뚫고 작은 벌레들이 기어나오고 있는 것이었다. 아, 육체란 얼마나 덧나기 쉬운 것인가. 견고해 보이는 고요와 평화 속에는 얼마나 많은 관능의 벌레들이 오글거리고 있는 것인가. 석류를 손에 들어보니 어느새 바람 빠진 공처럼 물렁물렁해져 있었다. 나는 그 순간 삶이란 완벽한 진공포장이 될 수 없다는 사실에 차라리 안도했다. 그리고 내 풍장의 습관도 앞으로 몇 번이고 생명의 기습 앞에 무릎 꿇어야 하리라는 걸 예감했다.

**나 희 덕** 1966년생. 1989년 《중앙일보》 신춘문예로 등단. 시집으로 『뿌리에게』, 『그 말이 잎을 물들였다』, 『그곳이 멀지 않다』, 『어두워진다는 것』 등이 있음. 김수영문학상, 김달진문학상, 올해의젊은예술가상 등 수상. 현재 조선대학교 교수로 재직중.
najoy1@hanmail.net

# 쉬

그의 상가엘 다녀왔습니다.

환갑을 지난 그가 아흔이 넘은 그의 아버지를 안고 오줌을 뉜 이야기를 들었습니다. 生의 여러 요긴한 동작들이 노구를 떠났으므로, 하지만 정신은 아직 초롱 같았으므로 노인께서 참 난감해 하실까 봐 "아버지, 쉬, 쉬이, 어이쿠, 어이쿠, 시원허시겠다아" 농하듯 어리광부리듯 그렇게 오줌을 뉘었다고 합니다.

온몸, 온몸으로 사무쳐 들어가듯 아, 몸 갚아드리듯 그렇게 그가 아버지를 안고 있을 때 노인은 또 얼마나 더 작게, 더 가볍게 몸 움츠리려 애썼을까요. 툭, 툭, 끊기는 오줌발, 그러나 그 길고 긴 뜨신 끈, 아들은 자꾸 안타까이 땅에 비끄러매려 했을 것이고 아버지는 이제 힘겹게 마저 풀고 있었겠지요. 쉬,

쉬! 우주가 참 조용하였겠습니다.

(작가세계, 겨울호)

## 시 작 노 트 ( 사 람 人 자 )

사람 人자는 두 사람이 서로 잘 기대어 살아가는 모습이라고 한다. 물론 두 사람에게만 한정된 의미나 이상은 아닐 것이다. 아무튼, 사람과 사람 사이가 그렇듯 참 절실한 사랑일 때, 이보다 더 아름다운 내용은 없을 것이다.

사별. 그것은 너무나 안타깝고 슬프고 고통스런 장면이겠지만 쉬! 삶과 죽음으로써 치르는 인연의 어떤 '절정'인지도 모르겠다. 실로 장구하게, 몸은 그렇게 유전돼 왔다.

**문 인 수** 1945년 경북 성주 출생. 1985년 《심상》으로 등단. 시집으로 『늪이 늪에 젓듯이』, 『세상 모든 길은 집으로 간다』, 『뿔』, 『홰치는 산』, 『동강의 높은 새』 등이 있음. 대구문학상, 김달진문학상 등 수상. insu3987@han mail.net

# 저녁에 대해 여럿이 말하다

세상 한 곳 한 곳 하나 하나가 저녁에 대해 말하다

까마귀는 하늘이 길을 꾹꾹 눌러 대밭에 앉는다고 운다

노란 감꽃이 핀 감잎은 등이 무거워졌다고 말한다

암내가 난 들고양이는 우는 아가 소리를 업고 집채의 그늘을 짚
으며 돌아나간다

나는 대청에 소 눈망울만한 알전구를 켜 어둠의 귀를 터 준다

들에서 돌아온 아버지는 찬물에 발을 씻으며 검게 입을 다물었다

(시와시학, 가을호)

## 시 작 노 트

홀로, 나름 나름으로 말을 건네는 物象들의 저녁을 내가 또 받아 앉는 것은 참으로 갸륵하다. 우리가 알아듣는 언어는 한계가 있지만, 나 아닌 것들이 들려주는 소리를 두 손으로 정성으로 곱게 받는 일은 참으로 갸륵하고 슬프다. 어디 이곳에 인간의 언어밖에 없던가. 시간이 흘러와 흘러가는 것이 어디 인간에게만 있는 일이던가. 그러나, 우리는 그걸 자주 잊고 산다.

**문 태 준** 1970년 경북 김천 출생. 1994년 《문예중앙》으로 등단. 시집으로 『수런거리는 뒤란』이 있음. 〈시힘〉 동인으로 활동하고 있음. tjpmoon@hanmail.net

# 장국밥

울 오매 뼈가 다 녹은 청도 장날 난전에서
목이 타는 나무처럼 흙비 흠뻑 맞다가
설움을 붉게 우려낸 장국밥을 먹는다.

5원짜리 부추 몇 단 3원에도 팔지 못하고
윤 사월 뙤약볕에 부추보다 늘쳐져도
하굣길 기다렸다가 둘이서 함께 먹던….

내 미처 그때는 셈하지 못하였지만
한 그릇에 부추가 열 단, 당신은 차마 못 먹고
때늦은 점심을 핑계로 울며 먹던 그 장국밥.

(정신과표현, 9·10월호)

### 시 작 노 트

과거란 미래의 거울이다. 슬픔도 기쁨도 좌절과 뉘우침에 대한 기억마저도 앞으로 다가올 또 다른 일들의 길라잡이에 다름이 아니다. 하물며 놓쳐버린 길에 대한 아쉬움이라면….

민 병 도 1976년 《한국일보》 신춘문예로 등단. 시집으로 『갈 수 없는 고독』, 『不二의 노래』, 『섬』, 『슬픔의 상류』 등이 있음. 《시조21》 발행인. 대구시조시인협회 회장. 중앙시조대상, 한국시조작품상 등 수상. mbdo@korea.com

# 그 변소간의 비밀

　십년 넘은 그 절 변소간은 그동안 한 번도 똥을 푼 적 없다는데요 통을 만들 때 한 구멍 뚫었을 거라는 둥 아예 처음부터 밑이 없었다는 둥 말도 많았습니다 변소간을 지은 아랫말 미장이 영감은 벼락 맞을 소리라고 펄펄 뛰지만요, 하여간 그 곳은 이상하게 냄새도 안 나고 볼일 볼 때 그것이 튀어 엉덩이에 묻는 일도 없었지요 어쨌거나 변소간 근처에 오동나무랑 매실나무가 그 절에서는 가장 눈에 띄게 싯푸르고요 호박이랑 산수유도 유난히 크고 훤한 걸 보면요 분명 뭔가 새긴 새는 것이라고 딱한 우리 스님도 남몰래 고개를 갸우뚱거리는데요 누가 알겠어요, 저 변소는 이미 제 가장 깊은 곳에 자기를 버릴 구멍을 찾았는지도요 막막한 어둠 속에서 더 갈 곳 없는 인생은 스스로 길이 보이기도 하는 것이어서요 한 줌 사랑이든 향기 잃은 증오든 한 가지만 오래도록 품고 가슴 썩은 것들은, 남의 손 빌리지 않고도 속에 맺힌 서러움 제 몸으로 걸러서, 세상에 거름 되는 법 알게 되는 것이어서요 십년 넘게 남몰래 풀과 나무와 바람과 어우러진 늙은 변소의 장엄한 마음을, 알 만한 사람은 다 알 만도 하지만요 밤마다 변소가 참말로 오줌 누고 똥 누다가 방귀까지 뀐다고 어린 스님들 앞에서 떠들어대는 저 구미호 같은 보살 말고는, 그 누가 또 짐작이나 하겠어요

(시평, 가을호)

**시 작 노 트**

절집 생활 칠 년이면 이골이 날 만도 한데
불쌍한 영가가 들어올 때면 아직도 내가 더 운다.
오늘도 영정 모셔놓고 하루종일 훌쩍인다.

삶과 죽음이 밥상에 나란히 앉아 밥을 먹는 곳.
이별과 사무침이 도란도란 젓가락질 하는 곳.
한 척의 배가 된 절이 산 속을 찰랑찰랑 흐르는 곳.
아무래도 그런 날이면, 늙은 해우소에 홀로 앉아
이제는 나 때문에 다시 목이 메었다.

**박 규 리** 서울 출생. 1995년《민족예술》로 등단.

## 시월

바람은 넘실넘실 벼논을 먹어간다
이랑이랑 일렁이며 윗배미서 아랫배미로
한 입씩 베어물었다 되뱉느니, 저 금빛!

햇볕은 또 햇볕대로 태금이라도 하려는 듯
종일을 들명나명 체질하는 시늉이다
감흙을 받아낸 봇물도 한결 누긋해지고

하늘에 깔아놓은 새털구름도 그렇지만
이제 더는 애운할 일 잰걸음 칠 일도 없이
짯짯한 인연의 여울터, 물살이나 볼 일이다

(대구시조, 6월호)

## 시 작 노 트

창밖, 훤히 내다뵈는 가을 들녘의 금빛을 만드는 것이 실은 그 들녘의 바람이
요 햇볕인 것을. 더 무엇을 애운해 하고 잰걸음 치고 할 것인가. 시조 3장의 행
간에 어우러진 우리말과 가락의 넘실거림이라니!

**박 기 섭** 1954년 대구 달성 출생. 1980년 《한국일보》 신춘문예로 등단. 시집으로 『키
작은 나귀타고』, 『默言集』, 『비단 헝겊』 등이 있음. 중앙시조대상, 오늘의 시조문학상
등 수상. parkks@kt.co.kr

# 못난 그리움

끝내 버려지지 않는다.
발뒤꿈치 어디쯤 군살이 되었는지
이젠 데리고 살만 하다.
흐르고 흘렀어도
세월의 수채 구멍에 끝내 걸려 있는
못난 찌꺼기 같은 그리움들.

그래, 어쩌면 이 질긴 것들이
결국 내 하얀 뼛가루로 남을지 몰라.
사람도, 사람들의 흔적도 가버린 지금
마음의 끄트머리에 걸려 있는 너라도 있어
이만큼이라도 버티는지 몰라.
아니, 이제 너도
생물(生物)이 다 되었는지 몰라.

(내일을 여는 작가, 여름호)

### 시 작 노 트

　사람은 한 生 동안 여러 차례 변하는 것 같지만, 어느 한 때의 뼈저린 체험과 기억은 죽을 때까지 따라다니며 그 현재적 삶에 구체적 영향을 주며 끝내 살아 남는다. 그게 그리움이고 사람들은 나름대로의 이런 오래되고 낡은 그리움들을 데리고 살고 있는 것 같다. 나는 인간 본연의 순결성이라는 것이 있다면 이런 그리움이 그 한 부분이지 않나 생각한다. 내게 이런 못난 그리움은 이미 세상과 나를 버린 내 안의 사람들이다.

**박 두 규** 1956년 전북 임실 출생. 1985년 『남민시』 동인으로 작품활동 시작. 시집으로 『사과꽃 편지』, 『당몰샘』이 있음. girisan1@hanmail.net

## 목계리에서

가도가도 산뿐이다가
겨우 몇 평의 감자밭 옥수수밭이 보이면
그 둘레의 산들이 먼저 우쭐댄다
제 몸을 가득 채운 것들을 신의 흔적이다,
라고 믿고 살지만
두 눈으로는 아직 본 적이 없다
사람의 흔적인 옥수수의 흔들림 감자꽃 향기는
왕산이 본 것 중 가장 귀한 것이다

가도가도 산뿐이다가
차 파는 오두막집이 보인다
그 주인은 이미 산의 일부이면서
바람의 일부일 것이다
적막 속 어딘가에 집 한 채만 보여도
왕산은 그 기(氣)를 바꾼다
수천 평의 산을 거뜬히 먹여 살리는 것은
한 됫박쯤 될까 말까 한
몇 사람의 숨소리일 것이다

(문학사상, 10월호)

## 시 작 노 트

이 시는, 사람은 신의 대리인이다, 라는 자각이 든 선물이다. 그 역할은 매우 광범위하고 섬세하다. 첩첩산중을 지나면서 온몸에 소름이 돋도록 이 역할에 대해 절감했다. 겨우 몇 사람의 흔적, 그 기운의 역할에 대해서…

**박 라 연** 1951년 전남 보성 출생. 1990년 《동아일보》 신춘문예로 등단. 시집으로 『서울에 사는 평강공주』, 『생밤 까주는 사람』, 『너에게 세들어 사는 동안』, 『공중 속의 내 정원』 등이 있음.

# 전봉건 추억

양평 지나 가산쯤의 남한강 가 돌밭

해오라기 한 마리 긴 목 추스르고 섰다.

강물은 저만한 풍경 위해 천년을 뒤척였으리

수면 위로 반짝이며 부서지는 햇빛처럼

애초에 그리움은 순간의 꽃이었다.

오석(烏石)에 칼자국 같은 차고 흰 선(線) 한 획.

(열린시조, 가을호)

## 시 작 노 트

1970년대 초 문단 햇병아리이던 내게 전봉건 선생은 왕초였다. 영화 마카로니 웨스턴이 유행하던 그 시절, 영화의 주인공 클린트 이스트우드처럼 선생은 훌쩍 큰 키와 다문 입에 드문 드문 말을 건네고는 했지만 그렇게 다감할 수가 없었다.

지금의 내 나이쯤에 서둘러 떠난 전봉건 선생, 선생이 생각날 때 아주 가끔 선생이 자주 찾았던 돌밭에 나간다. 그리고, 이 시 한 편을 써서 그에게 보낸다. 분명 저세상에서도 시잡지를 편집하실 것이니 실어달라고.

**박 시 교** 1970년 《현대시학》으로 등단. 시집으로 『겨울강』, 『네 사람의 얼굴』(공저), 『가슴으로 오는 새벽』, 『낙화』 등이 있음.

## 정육점

완벽한 육체를 이루었던 소는 칼에 찢겨
피에 젖은 갈고리에 걸려 있다, 가끔씩 날파리들이
핏물을 빨다 냉동고 위로 날아가버리면
몸에서 쫓겨나간 영혼만이 갈고리 주위를 맴돈다
바닥에 핏물을 떨어뜨리는 기억의 몸뚱이
마치 남은 말이라도 쥐어짜듯이 팽팽한 얼룩들을
바닥에 떨어뜨리며 거푸 숨을 몰아 내쉬며
한 방울의 핏빛 눈물을 짜낸다
진열대 속 자동 분쇄기에 가지런히 썰려 있는
살점들, 한 그루 시간의 붉은 잎사귀처럼 서로 몸을
포갠 채 지독한 적막 속에 끼어들 때
일생을 캐묻듯이 깃털들이 펄럭인다
게으른 책임을 두 눈 속에 퍼부었을 소
그러나 이제, 시간에게 상속받은 것이 얼룩뿐이라는 듯
붉은 燈을 바닥에 하나둘씩 켜놓는다

(문학과사회, 봄호)

## 시 작 노 트

　비극이 가장 원초적이라는 것을 알겠다. 그럼에도 불구하고 쉽사리 떨쳐내지
못하고 시간에 붙잡힌다. 오랜 방황 끝에 얻어지는 것이 있다면 가장 낮은 깨달
음 '인간은 자신만의 법칙으로 고독을 체험한다는 것' 그리고 그 고독이 가져다
주는 것은 '생의 깊이가 아니라 황폐라는 것'. 생의 제단에 바치는 초라하기 그
지없는 밥그릇. 그리고, 무게 없는 몸만이 의자에 앉아 초라함이 무엇인지를 아
는 저녁. 나를 부러워하던 그 사람에게 아직까지 나를 부러워하는지, 묻고 싶은
시간이다.

**박 주 택** 1959년 충남 서산 출생. 1986년《경향신문》신춘문예로 등단. 시집으로 『꿈
의 이동건축』, 『방랑은 얼마나 아픈 휴식인가』, 『사막의 별 아래서』 등이 있음.
sesan21@hanmir.com

# 내리는 눈

저것이다 내가 꿈속에선가 몇 천년
숲을 뒤지다가 그 숲이 끝날 즈음
벼랑에서 뛰어내리는 꿈의 향연!……
봄이 아닌데도, 떨어져 누워 며칠간씩
신음하고 있는 산벚꽃나무의 벚꽃이 아니라
몸 가벼워져 훨훨 날아다니는 저
천사의 깃털이 천사의 몸에서 빠져나와
비로소 내 몸 받아 오늘은 江山을 떠도는구나

바로 저것이다!
공중에서 자신을 던져 보이는 공이나
날으는 새들처럼
잠시동안이나마 자유의 날개 활짝 펼쳐 보이는
내 친한 이웃같이
얼마를 더 사느냐가 문제가 아니라
어떻게 떨어지느냐에 달려있는 운명을
쓸어안고 나는 지금 수만 개의 깃털로
날아다니는 것이다 우우 와와
귀 열어놓아도 박수소리는 전혀 들리지 않는다

(애지, 겨울호)

64

## 시 작 노 트

어치피 인생이란 게 내리는 눈발과 같이 공중에 떠서 움직임을 보여줄 때 참 모습이라면, 땅위에 정지해버리면 무슨 의미가 있겠는가. 솟아오르는 '공'이나 '새들'의 행위도 이와 같고 보면 말이다.

내 본래의 스타일이 아닌 이런 추구방식의 시가 시단에 만연해 있고 보면, 나도 그와 같은 한목소리임을 느끼는 것이다.

시인이 무엇을 어떻게 노래해야 된다는 정설은 없지만, 살아있는 동안의 그 순간마다 느끼는 마음 안의 것을 끄집어내는 행위의 것임엔 틀림없나 보다.

인생이란 결국 가벼운 목숨 같을 때가 살아있는 증거 아닐까. 목숨이 다하고 나면 자신의 존재나 사물들마저 무의미할 따름이니.

私的으로 반경환兄이 이런 나의 시가 좋다고 해주니 참으로 고맙다.

서 지 월 1955년 대구 출생. 대구대학교 국문과 졸업. 1985년 《심상》 및 《한국문학》으로 등단. 시집으로 『꽃이 되었나 별이 되었나』, 『강물과 빨랫줄』, 『소월의 산새는 지금도 우는가』, 『가난한 꽃』, 『백도라지꽃의 노래』 등이 있음. 대구시협상, 한하운문학상, 중국 장백산문학상 등 수상. 현재 〈대구시인학교〉 지도시인, 경주대학교 사회교육원 문예창작과 주임교수로 재직중. poemmoon55@hanmail.net

# 황사 바람

아주 작은 벌레들이 공중에 가득 떠 있다

어디서 날아왔을까, 풍경을 갉아먹고 있다

앞산은 통째로 뭉개져 윤곽마저 뿌연데

진흙 속에 머리를 파묻고 선 전봇대들,

바야흐로 봄 세상이 모두 뜯어먹히고 있다

자꾸만 내 몸 안으로 꾸물거리는 벌레들

그래도 저 시계(視界) 너머

파랗게 몸 추스르고 섰을 꼿꼿한 산

힘든 봄 건너는 기차가 이제 막, 와운리 지난다

(현대시, 7월호)

## 시 작 노 트

내가 문득, 떠나는 것은 바라보이지 않는 풍경과 만나기 위해서이다. 마음의 풍경, 그 이미저리를 좇아 언제나 길을 떠난다. 그날도 내 발길은 지리산으로 옮겨 붙었고, 그 순간 아주 작은 벌레들이 내 몸 안으로 기어들었다. 사방 분간이 힘든 난파된 배 위에 우뚝 선 그 찰나, "한 번만, 마지막으로 한 번만, 이 와운리를, 안개를, 외롭게 미쳐가는 것을, 무책임을 긍정하기로 하자. 마지막으로 한 번만이다. 꼭 한 번만…… 전보여, 새끼 손가락을 내밀어라." 소설 「무진기행」의 주인공처럼 나는 외치고 있었다. 너무나 익숙해져버린 질서(규제된)의 삶 속에서 문득, 뼈저리게 '자유'를 갈망하고 있다는 사실을 힘든 봄 건너는 기차가 깨닫게 해주었다. 지금 바라보이진 않지만 내 마음 속에 파랗게 몸 추스르고 섰을 꼿꼿한 산처럼!

**손 정 순** 경북 청도 출생. 숭의여대, 추계예대 문예창작과와 고려대학교 대학원 졸업. 2001년 《문학사상》으로 등단. 논문집으로 『김지하 서정시에 나타난 '그늘'의 상징성』이 있음. more-son@hanmail.net

# 墨竹

습자지처럼 얇게 쌓인 숫눈 위로
소쿠리 장수 할머니가 담양 오일장을 가면

할머니가 걸어간 길만 녹아
읍내 장터까지 긴 墨竹을 친다

아침해가 나자 질척이는 먹물이
눈 속으로 스며들어 짙은 농담을 이루고

눈 속에 잠들어 있던 댓이파리
발자국들도 무리지어 얇은 종이 위로 돋아나고

어린 나는 창틀에 베껴 그린 그림 한 장 끼워놓고
싸륵싸륵 눈 녹는 소리를 듣는다

대나무 허리가 우지끈 부러지지 않을 만큼
꼭 그만큼씩만, 눈이 오는 소리를 듣는다

(신생, 가을호)

겨울밤 내내 소쿠리를 만들던 할머니 곁에서 잔일을 거들다 보면 어김없이 댓가시 몇이 손가락을 파고 들었다. 퉁퉁 부어오른 손가락 속에 박힌 댓가시를 뽑아주며 할머니는 담양 땅 어디엔가 살았다는 판소리 명창 이날치 이야기, 가마골 토굴 속에 숨어 살았다는 빨치산 사령관 이야기를 조근조근 들려주곤 하셨다. 그런 이야기를 듣다 보면 살속에 박혀 있던 가시가 뽑혀져 나가는 아픔을 말끔히 잊을 수가 있었다. 그런데 그때 박힌 댓가시 하나가 아직 내 몸속 어딘가에 남아 있는지, 할머니 이야기처럼 끝도 없이 눈이 내리던 그 겨울밤을 자꾸 떠올리게 한다.

손 택 수 1970년 전남 담양 출생. 1998년 《한국일보》 신춘문예로 등단. 시집으로 『호랑이 발자국』이 있음. ststo70@hanmail.net

# 바람 타는 나무

바람이 산굽이 하나를 타고 돌다가 머무를 만한 정처(定處)는 어디란 말인가. 약사암에서 운림동으로 넘어가는 그 고갯길에 칠백 년 노거수는 또 어디 심을 곳이 마땅찮아 이곳 마루턱이었더란 말인가. 산도 제일로 좋은 고래 뱃속 같은 무등산을 한 바퀴 휘젓고 나오다 보면, 목도 출출하여 송풍정 보리밥 한술에 막걸리 한 동이쯤은 으레 동이 나는 법이라, 여럿의 산행인들 틈에 묻어든 날은 이 평상의 그늘에 누워 나도 깜빡 한 졸음씩 졸다 보면 바람 탄 나무였다네. 수런수런 깨어오는 잎새들 사이 눈가리개의 그 하늘들, 마치 회칼로 저며낸 붕어치나 버들치의 살점들 같았네.

또 배를 뭉개고 가는 흰바구지꽃과 노새도 그 이파리들 속에는 다 들어 있는 것인데, 백석(白石)이 그리워한 나타샤와 흰 당나귀 울음소리도, 마가리로 떠나는 세간살이도 놋접시 깨지는 소리들도 다들 절로는 잘 들려오는 것이었네.

그보다는 우리 사는 날들 매양 서러워 이 고갯마루턱에서 동북(東北)간 어디. 오십 리 밖 동북이나 화순골쯤 친정집 마을 어머니와 시집살이 환장한 딸년이 유두나 백중날쯤 때 잡아 기별 통지하고 나와 설움을 바가지로 떠내는 그 반보기 나무는 아니었을랑가 몰라. 그러면서 보아라, 시방 팔팔거리는 느티의 겉잎새들, 벌써 등이 휘어 저승 갈 듯 빼랑빼랑 쉰 목소리로 울고, 그 겉잎새들의 우듬지에 촘촘히 들어찬 속잎새들 눈 비비고 깨어나 청자수(靑

磁水)병이나 진사(辰砂) 항아리를 빚어 구름 탄 학(鶴)을 불러들이는 그 능청스러운 웃음과 손모가지들을! 그 속눈썹들을! 또 어느 가지에선 통꾼이 다 된 아이들이 닥나무밭 닥종이를 한 장씩 떠내어 허튼 가락 귀얄로 풀을 바르고 피워내는 그 영원(永遠)이란 이름의 포름한 난초꽃들을!

(문예중앙, 여름호)

### 시 작 노 트

무등산 등산로, 새인봉을 쳐다보는 고갯길 송풍정(속칭 무등산 보리밥집) 앞엔 7백년을 자랑하는 느티나무 한 그루가 정정하게 서있다. 예부터 운림동 마루턱에서 마을 지킴이로 서있으니 접신을 해도 일곱 번은 더 했을 나이다.

대 유명한 고갯길에 서있는 나무는 옛풍습대로 반보기(中路보기라고도 함) 나무로 시집살이가 고된 딸과 친정 어머니가 일년에 한 차례씩 중간 지점에서 만나 설움을 풀었넌 나무 그늘이기도 하다.

우리 조상들이 그 한(恨)을 극복해 온 슬기가 이처럼 살아서 쉼터를 만들어주는 현장이기도 하다. 그늘과 끈 ─ 살아가면서 어린 날 소고삐를 바투 잡듯이 놓지 않은 일은 얼마나 '덧정' 나는 일인가.

**송 수 권** 전남 고흥 출생. 시집으로『山門에 기대어』,『꿈꾸는 섬』,『아도』,『수저통에 비치는 저녁 노을』,『파천무』등이 있으며, 육필시선집『초록의 감옥』등이 있음. 소월시문학상, 김달진문학상 등 수상. 현재 순천대 문예창작과 교수로 재직중. jsk0804@yahoo.co.kr

# 명자나무 우체국

올해도 어김없이 편지를 받았다
봉투 속에 고요히 접힌 다섯 장의 붉은 苔紙도 여전하다
花頭 문자로 씌어진 편지를 읽으려면
예의 붉은별무늬병의 가시를 조심해야 하지만
장미과의 꽃나무를 그냥 지나칠 순 없다
느리고 쉼없이 편지를 전해주는 건
역사 키작은 명자나무 우체국,
그 우체국장 아가씨의 단내나는 입냄새와 함께
명자나무 꽃을 석삼년째 기다리노라면,
피돌기가 고스란히 드러나는 아가미로 숨쉬니까
떨림과 수줍음이란 이렇듯 붉그스러한 투명으로부터 시작된다
명자나무 앞 웅덩이에 낮달이 머물면
붉은머리오목눈이의 종종걸음은 우표를 찍어낸다
우체통이 반듯한 붉은색이듯
단층 우체국의 적벽돌에서 피어나는 아지랑이, 연금술을 믿으
니까
명자나무 우체국의 장기저축상품을 사러간다

(문학인, 여름호)

## 시 작 노 트

명자나무는 붉은색이다. 붉은색이니까 붉은 우체통이 연상되었던 걸까. 아니 그건 핑계이다. 나로선 그 처량한 형용사의 가장 어두운 부분을 말하고 싶었던 것이다. 그러므로 홀로 나이 먹어가는 노처녀의 이미지를 명자나무에 덧칠했다. 하지만 붉은색에 처량한 느낌만 밀집한 건 아닐 터이다. 붉은별무늬병 같은 관념의 병이나 붉은머리오목눈이처럼 작은 새들도 있다. 붉은색을 마주 대하면 달려오는 이미지를 우체국의 좁장한 공간에 떠밀었던 것이다.

송 재 학 1955년 경북 영천 출생. 1982년 《세계의문학》으로 등단. 시집으로 『얼음시집』, 『살레시오네 집』, 『푸른빛과 싸우다』, 『그가 내 얼굴을 만지네』, 『기억들』 등이 있음. 김달진문학상 등 수상. re6666@hanmail.net

# 겨울 양수리

꽁꽁 얼어붙은 강이
몸을 받아낸다

한강은 얼었다 녹았다를
반복하며
강심까지 얼어붙은 것이다

돌을 던져도
소리치지 않는
단단한 내공

상처에 상처의 두께를
더하다 보면
나도 세상의 무게를
견뎌낼 수 있을 것이다

단번에 너는 오지 않고
추웠다 풀렸다를 반복하며
풀들을 데리고 올 것이다

(현대시, 2월호)

## 시 작 노 트

만물의 본질은 곡선이다. 직선의 혹한도 직선의 혹서도 없고 극한의 절망도
극한의 희망도 없다. 단지 회전과 주기가 있을 뿐. 겨울강 앞에 서보면 안다. 엄
살은 사치라고, 너만큼 아파보지 않은 사람과 사물이 어디 있느냐고, 강은 입을
꽉 틀어막고 침묵으로 웅변한다.

**송 종 찬** 1966년 전남 고흥 출생. 1993년 《시문학》으로 등단. 시집으로 『그리운 막차』
가 있음. songchan@posco.co.kr

# 낙타

낙타를 타고 가리라, 저승길은
별과 달과 해와
모래밖에 본 일이 없는 낙타를 타고.
세상사 물으면 짐짓, 아무것도 못 본 체
손 저어 대답하면서,
슬픔도 아픔도 까맣게 잊었다는 듯.
누군가 있어 다시 세상에 나가란다면
낙타가 되어 가겠다 대답하리라.
별과 달과 해와
모래만 보고 살다가,
돌아올 때는 세상에서 가장
어리석은 사람 하나 등에 업고 오겠노라고.
무슨 재미로 세상을 살았는지도 모르는
가장 가엾은 사람 하나 골라
길동무 되어서.

(창작과비평, 겨울호)

## 시 작 노 트

죽음을 생각할 때는 이상하게도 아름다운 것들이 더 많이 떠오른다. 나는 잠시 황홀해지지만, 이것이 죽음이 두렵기 때문이라는 것을 깨닫고는 좀 쓸쓸해진다. 그러나 요즈음 나는 이러한 상상 속에서 사는 것이 자못 즐겁다.

**신 경 림** 1935년 충북 충주 출생. 1956년 《문학예술》로 등단. 시집으로 『농무』, 『새재』, 『길』, 『쓰러진 자의 꿈』, 『어머니와 할머니의 실루엣』, 『뿔』 등이 있음.
kyungrim@uriedu.co.kr

안도현

# 간격

숲을 멀리서 바라보고 있을 때는 몰랐다
나무와 나무가 모여
어깨와 어깨를 대고
숲을 이루는 줄 알았다
나무와 나무 사이
넓거나 좁은 간격이 있다는 걸
생각하지 못했다
벌어질 대로 최대한 벌어진,
한데 붙으면 도저히 안 되는,
기어이 떨어져 서 있어야 하는,
나무와 나무 사이
그 간격과 간격이 모여
鬱鬱蒼蒼 숲을 이룬다는 것을
산불이 휩쓸고 지나간
숲에 들어가 보고서야 알았다

(문학사상, 10월호)

### 시 작 노 트

군이 화엄경을 들먹이지 않아도 좋으리라. 이 세상이 관계의 그물로 짜여진 곳이라면, 간격 또한 관계맺음에 기여하는 거리 아니겠는가. 최소한의 거리가 최대한의 관계를 이루는 우리들 생처럼.

**안 도 현** 1961년 경북 예천 출생. 1981년 《대구매일신문》, 1984년 《동아일보》 신춘문예로 등단. 시집으로 『서울로 가는 전봉준』, 『모닥불』, 『그대에게 가고 싶다』, 『외롭고 높고 쓸쓸한』, 『아무것도 아닌 것에 대하여』 등이 있음. 소월시문학상 등 수상.
ahndh61@chollian.net

## 욕정

갑작스런 화재로 온 집이 전소되었다.
화인은 난로의 과열,
아빠는 죽고 엄마는 화상을 입고
단란한 가정은 깨져버렸다.
물질도 때로는 욕정으로 몸부림을 치는 것일까.
콘센트에 플러그를 꽂자 일순,
본능으로 전율하는 쇠붙이는
뜨겁게 달아오른다.
건드리지 마라
오늘밤 나는 너와 더불어 온몸을
불사를 수도 있다.
전류(電流),
밤마다 정사(情事)를 꿈꾸는
물질의 에로스

(문학사상, 3월호)

### 시 작 노 트

산다는 것과 죽는다는 것의 차이는 무엇일까. 이러한 구분은 아마도 인간의 기준에서 개념화시킨 것, 우주적인 관점에서 보면 만상이 하나일지도 모른다. 가끔은 물질도 살아 있는 어떤 존재라는 생각이 들 때도 있다. 그렇다면 물질도 감정을 지닐 수 있지 않을까.

**오 세 영** 1968년《현대문학》으로 등단. 시집『반란하는 빛』,『가장 어두운 날 저녁에』, 『무명연시』,『불타는 물』,『사랑의 저쪽』,『눈물에 어리는 하늘 그림자』,『어리석은 헤겔』,『꽃들은 별을 우러르며 산다』,『아메리카 시편』,『벼랑의 꿈』,『적멸의 불빛』등이 있음. 현재 서울대학교 교수로 재직중. oh314@snu.ac.kr

# 칼의 연가

아는가
칼이여
우리네 인생에는
이 악물고 잘라내야 할 것이 너무 많아
피눈물 흩뿌린 후회
한이 되어 맺힌다

진정한 사랑일수록 끊어내고 베어내어
온 몸에 피 흘리며 진실만이 남았을 때
비로소 건져 올리는 그 소중한 믿음 하나

서투른 칼잡이는 목숨을 앗아가나
잘 쓰면 숱한 사람 살리고 지키나니
세상을 건질 무사여
그는 어디로 숨었나

(중앙일보, 8월 29일)

## 시 작 노 트

칼은 두렵다. 칼은 목숨을 앗아간다. 베고 자르고 찌르기 위해 칼은 있다.

칼은 비정하다. 서릿발같은 칼날엔 단호함이 서린다. 우리네 인생에는 때로
이런 단호함이 필요하다. 분명함이 필요하다. 서릿발같은 비정함이 필요하다.
그것이 많은 후회를 남기기도 하고, 한이 되기도 하지만 그런 것이 인생이다. 진
실이란 무엇인가? 진정한 사랑이란 어떤 것인가? 그것은 온몸이 피투성이가 되
어 짓이겨졌을 때 남는 믿음 같은 것일 것이다. 모든 가식을, 허위를, 거짓을 모
조리 잘라내야 하는 것이기 때문이다. 이런 이치는 세상의 경영에도 필요하다.
이만한 진정성과 희생이 요구되는 것이다. 사람을 죽이는 칼이 아닌, 사람을 살
리는 칼을 가진 검객은 과연 없는 것인가? 이 어지러운 시대의 한복판에서 세상
을 건질 검객을 대망한다.

**유 자 효** 1947년 부산 출생. 서울대학교 사범대학 불어과 졸업. 1968년《신아일보》신
춘문예 및 1972년《시조문학》으로 등단. 시집으로『성 수요일의 저녁』,『짧은 사랑』,
『떠남』,『내 영혼은』,『지금은 슬퍼할 때』,『데이트』등이 있으며, 산문집으로『피보씨
는 지금 독서중입니다』,『라라의 투쟁』,『세상의 다른 이름』,『다시 볼 수 없어 더욱 그
립다』등이 있음. 현대시조문학상 등 수상.

유
재
영

# 별을 보며

어느 날 먼 빛깔로 가만히 다가와서

조금만 스쳐도 쨍그렁!소리날 듯

저리도 오랜 설레임, 연둣빛 가슴이여


그리움도 하늘 닿으면 나도 하나 별이 될까

오늘처럼 흰 이마가 젖도록 푸른 밤은

누군가 함께 가야 할 그런 길이 보인다

(문학사상, 4월호)

**시 작 노 트**

지상의 어떤 별 하나는 앞으로 1000년 뒤면 그 가치가 소멸할지도 모른다는 슬픈 신문기사를 본 적이 있다. 오늘도 그 별을 보며 긴긴 봄밤을 걸어갈 사람이 있을지도 모르는데, 열두 살 때 외갓집 밤하늘에서 본 작은곰자리 별 하나가 문득 그 별일지도 모른다는 생각이 들었다.

**유 재 영** 1948년 충남 천안 출생. 1973년 시와 시조가 당선되어 문단에 나옴. 시집으로 『한 방울의 피』, 『지상의 중심이 되어』, 4인 시조집 『네 사람의 얼굴』, 『햇빛 시간』 등이 있음. 중앙일보 시조대상, 오늘의 시조문학상, 이호우 문학상 등 수상.

# 지하철에 눈이 내린다

강을 건너느라
지하철이 지상으로 올라섰을 때
말없이 앉아있던 아줌마 하나가
동행의 옆구리를 찌르며 말한다
눈 온다
옆자리의 노인이 반쯤 감은 눈으로 앉아있던 손자를 흔들며
손가락 마디 하나가 없는 손으로
차창 밖을 가리킨다
눈 온다
시무룩한 표정으로 서있던 젊은 남녀가
얼굴을 마주 본다
눈 온다
만화책을 읽고 앉았던 빨간 머리 계집애가
재빨리 핸드폰을 꺼내든다
눈 온다

한강에 눈이 내린다.
지하철에 눈이 내린다.
지하철이 가끔씩 지상으로 올라 서주는 것은
고마운 일이다.

(창작과비평, 봄호)

**시 작 노 트**

  공부하는 사람을 불러낸다. 자고 있는 사람을 불러낸다. 일하는 사람을 불러
낸다. 혼자 보기 아까울 때, 우리는 누군가를 불러낸다. 나의 느낌에 '공감'을
표시해줄 누군가를 찾는 것이다. 내 생각에 쉽게 동의하고 합의해줄 사람을 찾
는 것이다. 풍경은 공유할 때 아름다운 법. 눈 내리는 한강을 함께 바라보자고,
지하철을 지상으로 불러낸 이는 누구일까.

**윤 제 림** 1959년 충북 제천 출생. 1987년《문예중앙》으로 등단. 시집으로『삼천리호
자전거』,『미미의 집』,『황천반점』,『사랑을 놓치다』등이 있음.〈21세기 전망〉동인으
로 활동. yzoono@chollian.net

# 근심을 지펴 밥을 짓는다

꽃씨 떨어지는 세상으로 내려가
꽃씨보다 더 작게 살고 싶었다
나뭇잎이 지면서 남긴 이야기를 모아 동화를 쓰고
병에서 깨어나는 사람의 엷은 미소를 보며 시를 쓰고 싶었다
저 혼자 나들이 간 마음이 날개가 찢겨 돌아올 때마다
가제 손수건으로 피 묻은 그의 얼굴을 닦아주었다
어린 근심아, 강을 못 건너고 돌아오는 네 얼굴의 슬픔
더 멀리 가려던 네 꿈이 새의 죽지처럼 꺾였구나
들판이 강물을 보듬고 남은 햇살이 하루를 껴안을 때
너의 몸이 종이쪽처럼 가벼워졌구나
악의를 씻어 국 끓이고 가시로 돋는 증오를 빗질하면
어느덧 마음 한 켠에 파랗게 돋는 새 잎
모래의 마음이 금이 되는 날을 기다려
내 손수 지은 색동옷 갈아입히면
칭얼대던 근심들이 하얀 쌀밥이 되어 밥상에 오른다
그때 나는 너에게 상처를 보석이라고,
슬픔은 실밥 따뜻한 내복이라고
이 세상 가장 조그만 편지를 쓰리라
근심이 눈발처럼 흩날려도
날개 찢긴 근심이 돌아와 갈아입을 옷 한 벌 다림질하리라

슬픔이 아닌, 눈물이 아닌,
환하고 따뜻한 이야기를 모닥불처럼 나누리라


(시와시학, 여름호)


**시 작 노 트**

　세상을 끌어안는다는 것은 세상을 사랑한다는 것인가? 아니면 세상을 미워하면서도 세상을 보듬고 가꾸어야 한다는 것인가? 그 두 가지 모두라면 더욱 좋으리라. 갈수록 미워지는 세상을 바라보며, 그래도 껴안고 보듬어야 하는 것이 우리 사는 세상 아닐까 하는 마음으로 살고 있다. 이 시 역시 그런 마음으로 쓴 것이다.


**이 기 철** 경남 거창 출생. 1972년《현대문학》으로 데뷔. 시집으로 『청산행』, 『지상에서 부르고 싶은 노래』, 『유리의 나날』, 『내가 만난 사람은 모두 아름다웠다』 등이 있음. 김수영문학상, 시와시학상, 최계락문학상 등 수상. 현재 영남대 교수로 재직중.
poetone@chol.com

여름꽃

눈동자 바로 보기는
아주 낯선 일이어서
그대와 마주 서는 일은
두렵고 또 두려운 일이어서

저기 뜨락에 핀 꽃
여름꽃을 보고 있다
어둠의 끝에서
몸을 활짝 열었던 아침꽃들
정오가 오기 전에
꽃잎으로 제 얼굴을 가리고
안으로 돌아가 있다
해를 바로 보기가 어려운 것이다

어려워서 여름꽃은
꽃잎을 모아 합장한다
자기 안으로 들어가 합장하며
여름꽃은 해의 눈동자가 된다

(문학동네, 가을호)

**시 작 노 트**

지난 해 여름, 좋은 벗과 스님 덕에 낙산사 요사채에서 며칠 머물렀다. 황토에 다 기와를 포개놓은 담장이 아주 이뻤는데, 그 담장을 배경으로 보라색 수국이 피어 있었다. 수백 송이의 작은 꽃들이 모여 커다랗고 새로운, 또 한 송이 꽃을 피워내는 사태를 물끄러미 바라보다가 여름꽃들이 흠모하는 여름 태양을 상상할 수 있었다. 모든 사물에는 눈동자가 있었다.

**이 문 재** 1959년 경기도 김포 출생. 1982년 〈시운동〉을 통해 작품활동 시작. 시집으로 『내 젖은 구두 벗어 해에게 보여줄 때』, 『산책시편』, 『마음의 오지』 등이 있음. 김달진 문학상, 소월시문학상 등 수상. 현재 《시사저널》 재직중. moon@sisapress.com

# 장도열차

> — 긴 시간 동안 열차를 타야 하는 대륙 사람들은
> 만나고 싶은 사람이나 친척들을 아주 잠깐 동안이
> 나마 열차가 쉬어 가는 역 플랫폼에서 만나곤 한다.
> 그리고 그렇게 만나면서 우는 사람들 모습을 나는
> 여러 번 목격했다.

이번 어느 가을날,
저는 열차를 타고
당신이 사는 델 지나친다고
편지를 띄웠습니다

5시 59분에 도착했다가
6시 14분에 발차합니다

하지만 플랫폼에 나오지 않았더군요
당신을 찾느라 차창 밖으로 목을 뺀 십오분 사이
겨울이 왔고
가을은 저물대로 저물어
지상의 바닥까지 어둑어둑했습니다

(시작, 가을호)

**시 작 노 트**

언제나 얼마 안 되는 시간을 잡느라 내 목숨은 마른 물고기처럼 숨을 할딱입니다. 풍선처럼 부풀어진 채로 서서 잠깐 동안 바라본다고 이마에 충분한 그늘이 도착하진 않겠지요. 다 마치지 못한 인사를 건넵니다. 햇볕에 많이 걷지 마세요.

**이 병 률** 1967년 충북 제천 출생. 1995년《한국일보》신춘문예로 등단.
kooning@empal.com

# 잃어버린 반지

어느 날 손을 씻다가
　손가락에서 미끄러져 나온 반지가 세면대의 배수구 속으로 사
라졌다면,
　미처 손써볼 새도 없이 아끼던 반지를 어이없이 잃어버렸다면,
　그것이 그렇게 돼야만 할 반지의 운명이었다고 말할 수 있을까
　반지가 손가락에 허술하게 끼워져 있던 것은 나의 부주의였고
　배수구 속으로 영영 자취를 감추기 전에 반지를 붙들지 못한 것
은 나의 실수 아니었던가
　그 다음은 어떠했나
　내 힘으론 어찌할 수 없는 일이었다고 쉽게 체념하고 위로하지
않았던가

　세월이 흘러 새로운 반지를 손가락에 끼면서 문득
　그때의 잃어버린 반지를 떠올린다
　그것은 운명이 아니었다, 그것은 내가 놓치지 말아야 할 것을
놓쳐버리는 장면이었다고


　　　　　　　　　　　　　　　　　　　(창작과비평, 겨울호)

**시 작 노 트**

　순식간에 잃어버린 것들에게 바치는 뒤늦은 비가(悲歌). 반지의 '비명횡사'
를 애도하며. 그리고 수년 전 어느날 아버지를 어이없이 놓쳐버리던 장면과 그
밖에 놓쳐버린 많은 것들을 위하여. 아, 결코 놓쳐서는 안되었던 것들….

**이 선 영** 1964년 서울 출생. 1990년 《현대시학》으로 등단. 시집 『오, 가엾은 비눗갑
들』, 『글자 속에 나를 구겨 넣는다』, 『평범에 바치다』 등이 있음. 〈21세기 · 전망〉 동인.
07sylee@hanmail.net

# 언니라는 말의 배꼽

누이들은 서로서로 이용할 필요가 없습니다.
그들은 피와 피가 엉켜 있으니까요.

— 라이너 마리아 릴케: 「누이들」

아내가 자기 언니 보고 '언니!' 그럴 때는, 반쪽 짝 갈라놓은 水晶의 내부 같은 것이 보인다. 촘촘한 보랏빛 각진 기둥들이 지키는 原石의 내부, 아내에게도 언니에게도 없는, 언니라는 말의 내부. 한번도 따라 들어가 본 적 없지만, 한번도 따라 들어가지 못한 나만이 아는 내부, 자기 언니를 '언니!' 하고 부르는 아내를 나는 생전 알지 못 할 것이다. 그러나 자기 동생이 아내한테 '언니!' 부를 때는, 마른 감꽃처럼 닫힌 어떤 皮質의 문 앞에 나는 선다. 그 또한 내가 들어갈 수 없는 언니라는 말의 배꼽.

(현대시학, 9월호)

## 시 작 노 트

남자인 나로서는 언니라는 말은 영원히 들어갈 수 없는 성채 같은 것이다. 간혹 술집 마담이나 다방 아가씨에게 심심찮게 언니, 언니 해보기도 하지만, 그 기분 또한 성전환수술을 받은 것처럼 묘하고 께름칙한 것이다. 아마 일전에 호적의 성을 바꾼 하리수 같은 사람은 내 말이 무슨 뜻인지 잘 알 것 같다. 나의 처가는 딸만 다섯이고 지금은 장인 장모님 다 세상 뜨셔서 남은 딸 다섯이 공중에 무슨 버섯 성채처럼, 흘러내리는 아이스크림 성채처럼 그렇게 솟아 있고, 나도 방금 지나간 비행기가 남긴 구름처럼 잠시 그 곁에 있다. 서럽지도 않은 세월 속에서 지금 흰 거품 속에 흘러내리는 저이들이 나의 언니들이다.

**이 성 복** 1952년 경북 상주 출생. 1977년《문학과지성》으로 등단. 시집으로『뒹구는 돌은 언제 잠깨는가』,『호랑가시나무의 기억』등이 있음. 현재 계명대학교 교수로 재직 중. ysb@kmu.ac.kr

# 거대한 테이블

매일 우리는 거대한 테이블을 만들었다.
거대한 빵과 거대한 과일, 넘치는 포도주
우리들이 앉을 수도 없는 큰 의자를 만들었다.

빙빙 돌면서, 이 쪽을 높이고 저 쪽을 키우면서
커가는 현기증 속에서
우리들이 볼 수도 없는 거대한 테이블을 만들었다.

우리는 구석에서 살았다. 거대한 집을 만들고
거대한 우주를 만들고
우리들을 볼 수 없는 구석에서 살았다.

그리고 기다렸다. 누군가를
테이블의 주인을
테이블을 뒤엎을 그를.

(현대시학, 5월호)

**시 작 노 트**

아무도 와서 앉지 않는 빈 테이블에 대한 이미지는 오랫동안 내 머리 속을 떠나지 않았다. 인간이 없는 테이블, 아니 인간이 그 아래 개미처럼 숨어 있는 테이블, 그것은 나를 통과하고 있는, 도래하지 않는 현재의 얼굴일 것이다.

**이 수 명** 1965년 서울 출생. 1994년 《작가세계》로 등단. 시집으로 『새로운 오독이 거리를 메웠다』, 『왜가리는 왜가리 놀이를 한다』, 『붉은 담장의 커브』 등이 있음.
smlee712@hanafos.com

# 문 안에, 혹은 문 밖에

막 눈뜬 머리맡에 햇살이 와글거린다

몇 올 머리카락이 어둠에 감겨있고

가벼운 맹물의 시간들 식탁위를 떠다닐 때


굳게 질린 빗장들은 모두 안에 있었구나

그 빗장 움켜쥔 채 도로 잠을 청하지만

문 안에, 혹은 문 밖에 지레 질러와 버린 봄!


(열린시조, 가을호)

**시 작 노 트**

그해 겨울, 나는 봄을 기다리지 않았다. 햇살이 와글거리는 아침에도 생수 한 잔을 마시면서도 늘 따라붙는 어둠을 느끼고 즐기는 은둔의 영혼을 갖고 있었다.

끝내 밖의 세상이 나를 가둔 것이 아니라 내 안에서 밖의 세상에 빗장을 지르고 보낸 겨울, 그것을 깨닫게 한 저 봄의 무량함…

**이 승 은** 1958년 서울 출생. 1979년 KBS · 문공부 주최 전국 민족시 백일장 장원으로 등단. 시집으로 『내가 그린 풍경』, 『시간의 물그늘』, 『길은 사막속이다』, 『술 패랭이꽃』 등이 있음. 한국시조 작품상, 대구시조문학상 수상. jini-221@hanmail.net

# 땅에서 나서 하늘로 간다

지구는 자그마하다 그러나
랑무스*로 가는 길은 멀기만 하다
대대로 초원에서 양떼와 야크를 키운
유목민의 자손들 스스로를 방목하며
세상의 이법에 길들지 않았다

연기를 피우자 구름이 길 비킨다
이윽고 날개를 펴는 독수리들
라마승 몇이 독경을 시작한다
시신을 실은 말이 천장(天葬) 터에 오자
독수리들 하늘을 까맣게 덮는다

죽으면 영혼은 저 독수리를 타고
가없는 하늘 끝 저승으로 가는가
거기서 머물다 독수리에 실려 오는가
처녀의 시신을 가르고 장기를 꺼내
독수리에게 던지자 한바탕 싸움이다

시신의 팔과 다리를 칼로 자르자
독수리들이 좋아서 난리법석이다
두개골을 도끼로 부수어 짬파**와 함께

독수리에게 던지니 흔적도 없다
시신을 칼질한 라마승들 아무 말 없다

그러려니, 무심한 하루가 또 가니
사원의 종은 멀리 울려 퍼진다
태어남과 죽음은 가장 자연스러운 것
자연 회귀, 흔적 안 남은 초원에
그러려니, 양떼와 야크 무심코 풀 뜯는다

(시와반시, 겨울호)

*티베트인들이 사는 중국 간쑤(甘肅)성 남서부 지역.
**볶은 보릿가루.

**시 작 노 트**

시체를 새가 파먹게 함으로써 장사를 지내는 풍습이 아직도 남아 있는 곳이 티베트이다. 우리는 조장(鳥葬)이라고 하는데 거기서는 천장(天葬)이라고 한다. 독수리가 시체를 깨끗하게 처리하면 영혼이 가없는 하늘 끝 저승으로 간다고 믿는 사람들을 미개하다, 원시적이다라고 말할 수 없다. 자연에서 온 인간을 자연으로 돌려보내는 것이야말로 자연의 이법에 따르는 것이 아니랴. 어느 여행가의 글을 읽고 이 시를 썼는데 사람들은 내가 티베트 여행을 하고 와서 쓴 시로 안다. 처녀의 시신을 그런 식으로 처리하는 것을 보고 여행가는 많이 놀란 모양이다. 우리의 관점에서 보면 놀랄 일이지만 그들의 관점에서 보면 온 산을 묘지가 뒤덮은 우리의 장례풍습이 놀랄 일이리라.

**이 승 하** 1984년 《중앙일보》 신춘문예로 등단. 시집으로 『욥의 슬픔을 아시나요』, 『폭력과 광기의 나날』, 『생명에서 물건으로』, 『뼈아픈 별을 찾아서』 등이 있으며, 시론집으로 『생명 옹호와 영원 회귀의 시학』, 『한국 현대시 비판』, 『백 년 후에 읽고 싶은 백 편의 시』 등이 있음. 현재 중앙대학교 문예창작학과 교수. shpoem@freechal.com

# 가계부

1
얼마가 있어도 잔액이란 불안한 현실
가족의 얼굴들이
겹쳐 보이는 숫자
그래서 비상금을 보면
비상구를 떠올린다.


2
오늘 우연히
너와 마주쳤다
이삿짐 속에 싸여 있는
아내의 옷 속에서
숨가쁜 생의 경영이
밀서처럼
기록된.


3
가시를 세워야 사는
사막의 선인장처럼
너는 이 악물고 우리를 지켜왔구나
척박한 땅이 껴안은

물기 같은 숨결로.

**시 작 노 트**

가계부를 우연히 보았다. 손이 떨렸다. 아름다웠다.

소꿉장난 수준의 살림살이 기록이지만 이 방파제가 우리 가족들을 이 세상의
모든 재앙을 방어하고 있다고 느꼈다.

**이 우 걸** 1946년 경남 창녕 출생. 경북대학교 졸업. 1973년 《현대시학》으로 등단. 시집
으로 『사전을 뒤적이며』 등이 있으며, 시조평론집 『젊은 시조문학개성 읽기』 등이 있
음. 중앙시조대상, 정운시조문학상, 이호우시조문학상 등 수상.
leewg1215@hanmail.net

## 노란 단무지

옹벽 위에서 쏟아져 내린 개나리 줄기들
옹벽에 페인트칠을 한다.
보도블록 바닥으로
페인트 자국 흘러내린다.

옹벽 밑에는
일렬횡대로
종이박스가 깔렸다.

할머니들은
머릿수건을 쓰고 앉아
나물과 밑반찬을 판다.

개나리 줄기들이 내려와
허옇게 센 머리카락 쓰다듬는다.
염색 물을 들이기 위해
길고 가는 붓질을 한다.

노랗게 물든 단무지들
플라스틱 대야에 담겼다.
쳐다보는 사람 머릿속에

아득히 색소 물을 들인다.

옹벽에 기대 잠든 할머니
둥글게 입을 오므렸다.
단무지 한 조각 집어삼켰다.
쩝쩝 입맛을 다신다.


(시와정신, 가을호)


이윤학 1990년 《한국일보》 신춘문예로 등단. 시집으로 『먼지의 집』, 『붉은 열매를 가진 적이 있다』, 『아픈 곳에 자꾸 손이 간다』 등이 있음. luh2010@hanmail.net

# 섬

이은봉

스스로의 生 지키기 위해
까마득히 절벽 쌓고 있는 섬

어디 지랑풀 한 포기
키우지 않는 섬

눈 부릅뜨고
달려오는 파도

머리칼 흩날리며
내려앉는 달빛

허연 이빨로 물어뜯으며……

끝내 괭이갈매기 한 마리
기르지 않는 섬

악착같이 제 가슴 깎아
첩첩 절벽 따위 만들고 있는 섬.

(문학사상, 9월호)

## 시 작 노 트

거의 동굴을 빠져나왔다고 믿었다. 하지만 여전히 동굴의 한복판에 갇혀 쩔쩔
매고 있었다. 세월이 흘렀고, 이제는 정말 동굴과는 완전히 빠이빠이 했다고 믿
었다. 어느덧 세기말과 세기초, 아직도 동굴의 한복판에 갇혀 허우적대고 있는
것을 발견했다.

사람들이 싫었다. 사람들은 아군과 적군으로 나누는 것밖에 몰랐다. 차라리
풀과 달과 나무와 새이고 싶었다. 실제로는 풀과 달과 나무와 새도 버거웠다.

하여, 파도와 달빛조차 허연 이빨로 물어뜯고 있는 한갓 바위섬일 뿐이었다.

**이 은 봉** 1954년 충남 공주 출생. 1984년《창작과비평》신작시집『마침내 시인이여』
로 등단. 시집으로『좋은 세상』,『봄 여름 가을 겨울』,『절망은 어깨동무를 하고』,『무
엇이 너를 키우니』,『내 몸에는 달이 살고 있다』등이 있음. 현재 광주대학교 문예창작
과 교수로 재직중. leb@hosim.kwangju.ac.kr

# 냉장고

한밤중 늙고 지친 한 여자가 울고 있다
그녀의 울음은 베란다를 넘지 못한다
나는 그녀처럼 헤픈 여자를 본 적이 없다
누구라도 원하기만 하면 그녀의 내부를
들여다볼 수 있다 그녀 몸속엔
그렇고 그런 싸구려 내용들이
진설되어 있다 그녀의 몸엔
아주 익숙한 내음이 배어 있다 그녀는
24시간 노동을 쉰 적이 없다 사시사철
그렁그렁 가래를 끓는 여자
언젠가 그녀가 울음을 그칠 날이 올 것이다
하지만 걱정하지 않는다
그녀들처럼 흔한 것도 없으니
한밤중 늙고 지친 여자가 울고 있다
아무도 그 울음에 주목하지 않는다
살진 소파에 앉아 자성 너머의 TV를
노려보던 한 사내가 일어나
붉게 충혈된 눈을 비비며 그녀에게로 간다
그녀 몸속에 두꺼운 손을 집어넣는다
함부로 이곳저곳을 더듬고 주물러댄다

(창작과비평, 겨울호)

**시 작 노 트**

오래된 세탁기는 자주 투덜거리고 낡은 냉장고는 밤마다 앓는 소리를 낸다. 가부장적 이데올로기는 여성일반에게뿐만 아니라 자본의 노예로 전락한 남성에게도 억압으로 작동한다.

**이 재 무** 1958년 충남 부여 출생. 1983년 무크지 《삶의 문학》과 《문학과사회》, 《창작과비평》을 통해 작품활동 시작. 시집으로 『섣달 그믐』, 『온다던 사람 오지 않고』, 『벌초』, 『몸에 피는 꽃』, 『시간의 그물』, 『위대한 식사』 등이 있음. 난고문학상 등 수상. 현재 시잡지 계간 《시작》 편집주간. poet8635@dreamwiz.com

# 의자

병원에 갈 채비를 하며
어머니께서
한 소식 던지신다

허리가 아프니까
세상이 다 의자로 보여야
꽃도 열매도, 그게 다
의자에 앉아 있는 것이여

주말엔
아버지 산소 좀 다녀와라
그래도 큰애 네가
아버지한테는 좋은 의자 아녔냐

이따가 침 맞고 와서는
참외밭에 지푸라기도 깔고
호박에 똬리도 받쳐야겠다
그것들도 식군데 의자를 내줘야지

싸우지 말고 살아라
결혼하고 애 낳고 사는 게 별거냐

그늘 좋고 풍경 좋은 데다가
의자 몇 개 내놓는 거여

**시 작 노 트**
나는 요즘, '세상이 다 의자'라는 말씀을 내 마음결의 표지에 모시고 있다.

**이 정 록** 1964년 충남 홍성 출생. 1993년 《동아일보》 신춘문예로 등단. 시집으로 『풋
사과의 주름살』 등이 있음.

# 麟角寺

길은 절 안마당으로 천천히 끌려간다

여태 잠들지 않은
붉은 베옷의 선사

붓 씻어
말리는 소리
풍경 끝에 닿는다

(열린시조, 가을호)

경북 군위군 고로면 麟角寺. 전설 속의 영물, 기린 뿔의 절! 일연선사가 말년에 삼국유사를 마무리한 곳이요, 내 고향 학암리 가는 길목이기도 하다.

이따금 가던 길을 멈추고 절 맞은 편 깎아지른 절벽 鶴巢臺와 늘 푸른 냇물과 함께 절 안마당에 들어서곤 하던 추억이 이 시편을 빚게 했다. 얼마 전 삼국유사가 국보로 지정되어 이제 이 곳은 더 많이 알려지게 되었다.

'길은 절 안마당으로 천천히 끌려간다'의 이미지가 이미 훼손된 지는 오래다. 전기가 들어오고 절 앞으로 아스팔트가 깔리면서 예스런 분위기가 그만 자취를 감춘 것이다. 중흥이라는 미명으로 절 전체를 지나치게 손댄 것도 못내 아쉬운 일이다.

그러나 내 유년시절 추억 속의 麟角寺는 늘 시의 이미지를 고스란히 안고 있다.

**이 정 환** 경북 군위 출생. 한국교원대학교 대학원 국어교육과 졸업. 《중앙일보》 신춘문예로 등단. 시조집으로 『가구가 운다, 나무가 운다』 등이 있음. 대구문학상, 중앙시조대상 등 수상. 현재 한국교원대학교 대학원 국어교육과 박사과정 재학.
jhwanl@hanmail.net

# 열반

삶은 돼지머리,
삶은 돼지머리

양쪽 콧구멍에 시퍼런 돈을 꽂고 고사상 가운데 앉아 절을 넙죽
받고 있는,

月出山 月燈寺에 이제 막 떠오르는 초생달 같은 눈에 곤추선 속
눈썹을 낱낱이 잡아 당겨도 눈도 깜짝 하지 않는,

오오 저 拈花示衆의 절묘한 미소를 짓고, 자네 열반이란 게 무
엔지 아느냐며,

으흐흐 으하하하하
웃고 있는
돼지머리.

(열린시조, 여름호)

## 시 작 노 트

열반은 첩첩산중 토굴 속에서 가부좌를 틀고 있는 수행자에게만 해당되는 사항은 아니지 싶다. 나는 오히려 개차반 같은 형이하학의 세계 속에서 이리 저리 부대끼며 그야말로 뭐같이 살아가다가, 죽은 뒤에 비로소 거룩한 미소를 짓고 있는 고사상의 삶은 돼지머리에서 문득 열반의 희열을 느끼곤 한다.

**이 종 문** 1955년 경북 영천 출생. 1993년 《경향신문》 신춘문예로 등단. 시집으로 『저녁밥 찾는 소리』 등이 있음. 1999년 중앙시조대상 수상. 현재 계명대 한문교육과 교수. jml413@kmu.ac.kr

## 술타령 12
— 아우 경수에게

술 바깥 세상에 내리는 비,
그 첫 봄비가 그윽하고 풋풋하다고?
깊고 푸른 눈물 속, 가난한 사람들에게
헐벗은 사랑 편지 푸릇푸릇 부치고 싶다고?

그래, 그 나지막한 봄비의 전언을,
말 줄인 말의 사연과 그 행간의 의미들도
짚어낼 수가 있지. 실은 네 술 바깥 세상의
그 풋풋한 봄 소식을 얼마나 기다려 왔는지.
기다리다 지쳐 있었는지…… 네가 아직은
미처 부치지 못한 편지의 그 헐벗은 사랑을
미리 훔쳐보고, 술잔을 또 얼마나 기울였는지.
아릿한 이 세상에서 저 먼 듯 가까운 창밖의
그윽하고 풋풋한, 봄비 내리는
풍경을 끌어안고 있는지.

이제야 네 술 바깥 세상의 봄비에 젖으며
막 벙그는 꽃잎들을 끌어안으면서,
가난하지만 깊고 푸른 네 눈물 속 사연들을
내 술 안의 세상, 푸른 언덕에 불러 앉히면서……

(시안, 여름호)

## 시 작 노 트

누군가 '술'을 '불타는 물'이라 했던가. 우리 말의 뿌리가 '수불(水火)'이라고 하는 설도 있으니, 그럴 듯한 풀이가 아닐 수 없다. 더구나 바슐라르도 '타는 물'이라 했다니, 동서와 고금을 통해 술에 대한 느낌과 체험은 다르지 않는 모양이다. 아주 가깝게, 우리 삼형제는 그 '불타는 물'에 얽힌 사연들이 많다. 나는 그 불을 은근하게 지피는 유형이고, 바로 아래 아우는 무조건 도피하는 유형이며, 막내 아우는 그 불을 막무가내로 지펴 불길 속으로 뛰어드는 유형이어서 술을 둘러싼 각기 다른 사연들을 가지고 있는 셈이다. 그 중 두주불사의 막내 아우 때문에 오랜 세월 두 형은 마음이 무거울 때가 적지 않았다. 그러던 그가 건강이 나빠져 술을 끊었다. 요즘 술잔을 들면, 건강을 되찾고 있는 아우가 떠오르곤 한다. 이 넋두리에 가까운 작품은 술을 안 마시고 모든 사물을 다시 들여다본다는 아우에게 띄운 '부치지 않은 편지'이다. 문학평론가인 아우의 자랑스러운 글들을 자주 읽어볼 수 있기를 기대하면서…

**이 태 수** 1947년 경북 의성 출생. 1974년 《현대문학》으로 등단. 시집으로 『그림자의 그늘』, 『우울한 비상의 꿈』, 『물 속의 푸른 방』, 『안 보이는 너의 손바닥 위에』, 『꿈속의 사닥다리』, 『그의 집은 둥글다』, 『안동 시편』, 『내 마음의 풍란』 등이 있음. 대구시문화상, 동서문학상, 한국가톨릭문학상 등 수상. 현재 《매일신문》 논설위원으로 재직중이며, 경산대 한국어문학부 겸임교수로 있음.

# 성선설

장기 복역하다 칠순 넘겨 출옥한
피부가 청년처럼 잔주름 하나 없이 깨끗한
어느 기이한 노인에게 목사 시인*이 물었다
헌데 비결은 아주 간단한 〈건포마찰〉
대답은 짧지만 사연은 너무 긴 것이었다

감방에서 몇 십 년을 하루도 안 거르고
자고 새면 손끝에서 발끝까지 전신을
마른 수건으로 문질러 닦았다는 것이다
그러니까 노인은 건강비결을 설하려다가
개과천선을 들켜버린 셈이다
목사 시인은 장수비결을 설하려다가
성악설을 흘려버린 셈이다

노인의 유일한 방주는 수건이다
마른 수건 한 장에 여생을 걸고
인간의 탈을 벗고 싶었을 게다
생의 지우개로 과거를 지우고
새 사람이 되고 싶었을 게다
마른 수건 한 장으로 사포질하듯
마음 속 때도 오래 문질렀을 것이다

묵은 마늘이나 양파 껍질도
눈물깨나 흘리며 까고 벗겨야
참 매끄럽고 말간 속살이 드러난다
사람의 속내도 그와 같아서
마음 안팎 허물부터 벗겨야 한다
닦을수록 본성이 착하고 예쁜 축생은
사람이라고 설하다 간 사람 누구였더라?

(시로여는세상, 가을호)

*고진하 시인. 여러 해 전 강릉해변 문학행사에 갔다가 고 시인을 처음 만나 담소를
나누던 중에 얻어들은 이야기를 재구성해본 것이다.

### 시 작 노 트

상상력은 현실을 초월한다. 현실을 초월한 저쪽은 허구의 세계가 존재한다. 그러나 그 허구의 세계도 현실적 존재인 인간이 만든 것이기 때문에 그 재료는 인간의 그 현실적 경험이 아닐 수 없다. 현실적 경험을 재료로 하면서도 현실이 아닌 허구의 세계, 그것은 현실적 경험을 현실의 질서와는 다르게 재구성한 세계인 것이다. 허구의 세계를 만드는 능력은 인간이 신을 능가하는 유일한 능력에 해당한다. 시의 존재가 바로 그 증거다.

**임 영 조** 1945년 충남 보령 출생. 서라벌예대 문창과 졸업. 1970년《월간문학》신인상 및《중앙일보》신춘문예 당선. 시집으로『바람이 남긴 은어』,『그림자를 지우며』,『갈대는 배후가 없다』,『귀로 웃는 집』,『지도에 없는 섬 하나를 안다』,『시인의 모자』등이 있으며, 시선집『흔들리는 보리밭』등이 있음. 서라벌 문학상, 현대문학상, 소월시문학상 등 수상. isodang@hanmail.net

# 내일도 마당을 깨겠다
— 저문 날의 삽화 1

어두워졌다
덧창 닫기 전
창변의 매화 분(盆), 난(蘭) 나란히 어두워진 것
보았다 하나는 잎 몇 남았고
하나는 여전히 온몸이 시퍼런 잎들이다
나에게도 온몸 시퍼런 사랑이 있고
잎 다 버린 환한 죽음이 있고
후회가 있고
여전히 싸움이 있고

콘크리트 마당을 깨다가
지쳐 올라와
뻐근한 손으로 책장 몇 넘기다
끝내 잠이 든 사이였다 잠결에 아이처럼
새로 사온 신발을 꺼내 신어보고
깨어났다
꿈이 아니었다
저문 것이다

닫던 창 걸기 전에
줄에 엉켜 소리나지 않던

처마끝 풍경(風磬)
맨발인 채 가위 들고 올라가
풀어주었다

바깥 소식 간혹 들린다
"새신 신고 여기
안으로
와,"

내일 다시 나가 마당을 깨겠다

(작가세계, 겨울호)

**장 석 남** 1965년 인천 출생. 1987년《경향신문》신춘문예로 등단. 시집으로『새떼들에게로의 망명』,『지금은 간신히 아무도 그립지 않을 무렵』,『그리운 시냇가』,『젖은 눈』,『왼쪽 가슴 아래께에 온 통증』등이 있음. 김수영문학상, 현대문학상 등 수상.
sssnnnjjj@hanmail.net

# 이카루스나무

**1**

태양과 비와 구름을 빨아마시던, 수백의 나뭇잎들이 가미가제 특공대처럼 지상을 향해 출격한다. 부서진 날개들, 떨어져내리는 가을의 혓바닥, 그 뜨거운 이합집산 앞에 수수방관의 양력. 공중을 떠돌다 수직으로 떨어지는 파편들, 번득이는 저녁의 바람. 저녁의 불빛 속으로 문 열고 들어가는 자 누구인가. 그 속은 언제나 둥글고 꽉 차 있다. 목질의 혓바닥 같은, 코끝을 스치는 오래된 체취가 두렵다. 태성정밀 노동자들이 몰려나온다.

**2**

그들은 나뭇잎 날개를 달고 하늘로 날아오른다. 석양 속에서 나무의 깃털 붉게 부풀어오른다. 천천히 돌기 시작하는 나뭇잎, 나무 환풍기. 일제히 눈 뜨는 수 백의 눈동자, 충혈된 나뭇잎들.

(현대시학, 3월호)

## 시 작 노 트

 내 벗이 말했듯 내게 '노동자'는 여전히 "관념적 타자"일지도 모르고, '노동자'라는 말은 기표와 기의가 일치되지 않아 불명료하고 불확정적인 단어일지도 모른다. '노동자'라는 기표 속에 노동자가 없고, '노동자'라는 기의는 있으나 그것을 온전히 담아내는 기표가 존재하지 않는다. 말 속에 실체가 없다. 실체를 완전하게 담아낼 수 있는 말 또한 없다. '노동자'는 언어 속에 있지 않고 '거기'에 있다. 내가 있는 이 곳과 그들이 있는 그 곳을 연결시킬 수 있다면, 그 가능성이 존재한다면, 거기 다다를 수 있는 길이 담긴 지도를 만드는 일은 희망이라고 나는 아직도 믿는다.

 기표와 기의가 일치된 말은 존재하지 않는다. 존재할 수도 없다. 끝없이 미끄러지는 기표와 기의 앞에서, '노동자'라는 기표와 기의 사이에서, 말의 이념과 이미지와 관습을 지워내기 위한 배반이 필요하다. 희망의 이미지마저도 믿지 않는 또다른 '나'가 필요하다.

**장 석 원** 1969년 충북 청주 출생. 2002년 《대한매일》 신춘문예로 등단.

## 춘수(春瘦)


마음에 종일 공테이프 돌아가는 소리

질끈 감은 두 눈썹에 남은

봄이 마른다

허리띠가 남아돈다

몸이 마르는 슬픔이다

사랑이다

길이 더 멀리 보인다


(현대시, 10월호)

## 시 작 노 트 ( 봄 에  몸 이  마 른 다 는  것 )

봄 타령이 부담스러웠던

봄을 노래하지 않아도 제 스스로가 봄이었던 시절은 갔다.

사랑 타령이 부담스러웠던

사랑을 노래하지 않아도 제 스스로가 사랑에 겨웠던 시절도 갔다.

그러기에 간 것들을 향해 몸은 저절로 쏠리곤 한다.

그러기에 몸은 봄에 마르곤 한다.

**정 끝 별** 1988년 《문학사상》에 시가, 1994년 《동아일보》 신춘문예에 평론이 당선되어 등단. 시집으로 『자작나무 내 인생』, 『흰 책』 등이 있으며, 시론집 『패러디 시학』과 평론집 『천 개의 혀를 가진 시의 언어』, 시선평론집 『행복』 등의 저서가 있음. 현재 열린 사이버대학교 문창과에 재직중. jbuy164@yahoo.co.kr

## 如如

준비가 되었냐고 혼혼히 지켜본 이

양수처럼 시간을 순하게 풀어놓다

한 마리 곤한 저녁이 그 안에 목을 풀다

머리맡에 철썩이는 일용한 기쁨 슬픔

고요히 거두는 그물 같은 손이 있어

오늘도 저문 창마다 어린 잠이 찾아오다

(열린시조, 가을호)

## 시 작 노 트

우주의 오랜 운행을 생각하는 저녁 시간.
지순히 풀어지고 있는 시간의 소리를 듣는다.
모든 삶의 머리맡을 쓸어주는 커다란 손―
그 손의 끝에서 갓 태어난 어린 잠이 우리를 찾아온다.
하루가 그렇게 가고 온다, 如如하게.
『도덕경』을 읽다가 별을 다시 보던 날…

**정 수 자** 1984년 세종숭모제 백일장 장원으로 등단. 시조집으로 『저물 녘 길을 떠나다』 등이 있음. 한국시조작품상 등 수상. jookbee@lycos.co.kr

## 죽비(竹篦)

스승께 죽비를 선물 받고 몸이 뜨거워진다
전생에도 이번 생에도 욕심은 많아
평생 세 벌의 옷과 밥 그릇 하나로 만족한
雲水衲子의 길을 걷지 못했으나
한 철이라도 默言의 겨울 선방에 들어
흩어지는 마음 팽팽하게 붙잡아 앉고 싶었다
話頭 하나 머리에 이고 굽은 허리 곧게 세워
졸면 천 리 만 리 낭떠러지로 떨어지는
시퍼렇게 날선 작둣날 위에 앉아
내리치는 죽비에 마음의 피를 흘리고 싶었다
시의 길을 맨발로 걸어온 지 스무 해
다섯 수레의 책을 끌고 세간 저자를 헤매다
그 책 등짐 지고 산에 들었다는 소식 듣고는
스승은 죽비를 준비하셨을 것이다
저 죽비는 내 詩를 치는 뜨거운 警策
이 놈 詩야, 내 이제 너를 잡을 것이니
게을러 질 때마다 스스로 어깨 죽지를 내리치며
木魚인 양 두 눈 부릅뜨고 너에게로 가려니
솥발산이 보이는 창가에 죽비를 걸어 놓고
서쪽을 향해 무릎을 꿇는다

(시안, 여름호)

## 시 작 노 트

솔발산 자락에 펼쳐진, '은현리'라는 이름이 예쁜 산골에서 스승의 죽비를 걸어 놓고 두 번째 겨울을 보내고 있습니다. 올 겨울 유난히 춥고 눈이 많았습니다. 그래서인지 새싹 돋고 꽃 피는 봄을 부쩍 기다리고 있습니다. 내 시에도 봄이 오길 기다리고 있습니다.

**정 일 근** 1984년 《실천문학》과 1985년 《한국일보》 신춘문예로 등단. 시집으로 『누구도 마침표를 찍지 못한다』, 『경주 남산』, 『처용의 도시』, 『그리운 곳으로 돌아보라』, 『유배지에서 보내는 정약용의 편지』, 『바다가 보이는 교실』 등이 있으며, 시선집으로 『첫사랑을 덮다』, 사진산문집 『시인의 편지-유혹』 등이 있음. ulsanlove@korea.com

## 초겨울

내 여자는 떨어진 내 단추 하나를 찾아 장안을 헤맨다 생김새며
문양이며 크기가 똑같아야만 한다 빈틈이 없어야만 한다 저를 가
둔 나를 여미려 갇힌 저를 더욱 여미려 초겨울 한밤까지 거리에
나가 있다 마침내 단추공장까지 찾아내었다 生産이 중단되었다
한다 그는 포기하지 않는다 단추가 떨어질 때가 되었음을 그는 믿
지 않는다 그가 이제 임신할 수 없는 여자라는 것도 믿지 않는다
다시 나는 단추를 잃게 될 것이다 초겨울이다 바람이 차다 모든
것들의 단추들의 실밥이 낡아 있다 一年生草木들이 시들어 하얗
게 눕고 새들도 발이 시리다 언제나 맨발인 발이 시리다 둥지에
오래 머문다 추위에 떨 때가 되었다 이제는 추위가 내 것이다 당
당해야지 갇힘을 가장 따뜻한 것이라고 믿는 내 여자는 아직도 돌
아오지 않았다

(문학동네, 봄호)

## 시 작 노 트

초월이라는 걸 잘못 생각하고 산 시절이 있었다. 대상이나 상황에 대한 부정으로서의 결별을 극복이라고 은연중 믿어왔던 우리의 사회적 불행을 생각하니 새삼 슬프다. 〈비켜 비켜서 너무나 맥없이 흘러왔다는 자괴감이 내 입술을 쓰디쓰게 한다〉(유종호). 그건 시도 현실적 삶도 아니다. 상처를 껴안는 적극적인 수용, 그게 초월의 진면목일 터이다.

**정 진 규** 1939년 경기 안성 출생. 1960년 《동아일보》 신춘문예로 등단. 시집으로 『마른 수수깡의 平和』, 『들판의 비인 집이로다』, 『몸詩』, 『도둑이 다녀가셨다』 등이 있음. 한국시협상, 월탄문학상, 현대시학작품상 등 수상. 현재 시전문지 《현대시학》 주간, 한양여대 문창과 교수로 재직중.

# 耳鳴

어느 날이든 지하철을 타면
매미소리 쨍한 순간이 있다
소리가 너무 많아 아무것도 들리지 않는 찰나

첫차는 언제나 만원이었다
졸음이 물결치는 새벽 다섯시 어름
엉기성기 꾸려넣은 그들의 찢어진 가방에는
망치와 흙손과 도시락이 빼꼼 얼굴을 내밀고
어제 일터에서 묻혀온 시멘트가 말라붙은 채
오늘은 더 멀리 가야 하는 사람들

빽빽이 들어선 사람들 사이사이
멍하니 허공에 띄운 시선과
입가에 침을 흘리며 꾸벅꾸벅 조는 잠에 뒤섞여
이명으로 돌아다니는 매미울음

아무리 대낮이라도
막 도착한 정거장이 명동이거나
서울역이거나 사당쯤이라면
사람들 우르르 구두굽소리로 흩어지고
갑자기 객차는 텅 비어 있다

가는 사람이야 가는 사랑쯤으로 떠나보내고
푹푹 먼지 날리는 길쭉한 의자에 걸터앉으면
고막을 찢는 매앵맹 매미울음

흐느끼는 통곡도 자지러지는 울음도 아닌
비어 있는가 하면 꽉 채워진 매앵맹 매앵맹

고막이 없는데 소리가 들리기 시작한다
소리가 없는데 소리에 들려
온몸에 귀가 돋은 바람처럼 실룩실룩
소리를 찾아가기 시작한다

(창작과비평, 가을호)

## 시 작 노 트

출퇴근길, 소음으로 들끓는 지하철. 덜컹거리는 기차바퀴 소리, 휴대폰 소리, 반복되는 안내방송…. 그러다가도 명동이나 서울역에서 승객들이 우르르 빠져나간 뒤 귓청을 울리는 이명(耳鳴). 소리가 나를 호출한다. 몸 전체가 귀로 변한다. 내 몸이 전부 귀다. 귀가 소리를 찾아간다. 닿을 수 없는 먼 곳의 소리를. 나는 소리에 들린다.

**정 철 훈** 1959년 전남 광주 출생. 1997년《창작과비평》으로 등단. 시집으로 『살고 싶은 아침』, 『내 졸음에도 사랑은 떠도느냐』 등이 있음. chjung@kmib.co.kr

# 라일락

내가 세 들어 사는 집 대문 옆에는 커다란 라일락이 한 그루 자
라고요 그 라일락 그늘에 늙은 개 한 마리 세 들어 삽니다 봄바람
이 늦바람을 몰고 와 요즘 들어 녀석의 귀가가 늦습니다 일찍 혼
자된 주인 아주머니의 끌탕이 잦아지고 매사가 민망한 녀석은 주
인보다 저를 더 따르지요 동네 구석구석 염문을 뿌리고 다니던 녀
석이 늦은 밤 대문 앞에 죽치고 앉아 저보다 늦게 돌아오는 나를
기다립니다 라일락 피고부터 밤새 라일락 눈꽃들이 떨어져 내 오
래된 차를 뒤덮고요 나는 라일락 꽃잎들을 바람에 날리며 세상 속
으로 출근을 합니다 이따금씩 머리에 달라붙어 회사까지 따라오
거나 주머니 속에서 튀어나오는 꽃잎들 언제부턴가 암캐는 보이
지 않고 녀석은 라일락 그늘 속에서 잃어버린 사랑을 앓습니다 나
도 무언가 앓고 있긴 한 것 같은데 그게 뭔지 알 길이 없습니다 어
느 늦은 밤 달빛 아래서 녀석의 하염없는 눈길과 마주칩니다 그
사이에도 라일락 꽃잎들은 분분히 떨어져 내리고 아마 녀석과 나
는 오랫동안 잠을 이루지 못할 것 같습니다

(시로여는세상, 가을호)

## 시 작 노 트

지금은 그 집에 살지 않지만, 일산 교외 산자락 아래 문 연 조그만 미술관 앞
에도 라일락은 핀다. 그 라일락이 필 때쯤 나는 또 어떤 그리움에 휩싸이리라.
그 조그만 꽃잎들이 힘없이 바람에 날리며 내게 걸어오는 말들에 귀기울이리라.

**정 해 종** 1965년 경기 양평 출생. 1991년《문학사상》으로 등단. 시집으로『우울증의
애인을 위하여』,『내 안의 열대우림』등이 있음. 출판기획자를 거쳐 현재 아프리카 현
대미술 전문 갤러리를 열고 있음. touchafrica@empal.com

진수미

# 아비뇽의 처녀들
— 미혜·지혜·우주와 함께

욕조에 누우면
하늘로 통하는 천장을 가진
사랑하는 욕조에 몸을 누이면
발 뿌리 끝부터 스며드는 열기 속으로
걸어오는 한 여자가 보인다.

먼지에 엉겨붙은 찰진 물방울이며
기어코 왼몸으로 육체를 이탈하는 터럭이며를
바라볼 때면 그렇지
알 듯도 하고 모를 듯도 하지

사포는 아니고
나혜석도 아니고
성모 마리아는 더더욱 아닌

출렁이는 젖가슴과
늘어진 둔부를 가진
닮을 대로 닮은 한 여자가,

사랑하는 욕조가 낳는 무심한 손가락 장난이
넝쿨째 천장을 타오르고

스멀스멀 하초의 윤곽을 더듬을 때면
폭죽처럼 작렬하는 저 물방울들

결코 눈을 떠서는 안되지
서걱서걱 홀몸으로 다산하는 잡풀들이
저물 때를 아지 못하는 오만한
해바라기가 허무는 하늘 구멍으로
노오란 불똥을 던지며 달려드는데

윤복희를 사랑하고
정윤희를 사랑하고
간통죄는 더더욱 사랑했던 한 여자가,

묻는다 으스러지라고 달려들며
너는 왜 이 순간에 여자만 떠오르는가
여자만 떠올리는가

사랑하는 나의 욕조들, 일제히
눈을 뜨고 웃음을 터뜨린다.

두려운 게지 너는

거울을 에워싼 수증기가 몽땅 달아날까봐
육체를 이탈하는 터럭처럼
먼지에 집착하는 운명의 물방울처럼.


(창작과비평, 여름호)



**시 작 노 트**

　한사코 여자는 물방울 욕조 속에 누워 있었다. 어깨부터 목덜미, 정수리까지 담그고 물 밖에 매달린 천장을 올려다보곤 했다.

　물방울 하나하나에 한숨 같은 여자들이 어린다. 물방울이 빚은 여자들의 얼굴은 이제 슬픔으로 빛나지 않는다. 홍조 띤 웃음들이 흥곽을 거머쥐고 날아오른다. 화한 빛. 섬광. 불협화음. 불경한, 그래서 완전무결한 나의 姉妹들,



**진 수 미** 1970년 경남 진해 출생. 1997년 《문학동네》로 등단. shistory@hanmail.net

# 이슬

엘로라 동굴 제10굴의 갈비뼈 같은 천장을 바라보며, 그 눈물겹
도록 아름답고도 환상적인 그늘 밑에서, 엉뚱하게도, 인도의 거리
거리에서 까마귀와 바람과 쥐와 햇볕과 수증기와 파리에게 제 살
을 나눠주고 있는, 차에 치인 개들의, 라자스탄 여인들의 장식품
같이 서글프게 번쩍이는 갈빗대를 떠올렸다.

아부 산에서 우다이푸르까지 여섯 시간 동안 버스는 햇볕에 검
게 익은 길바닥을 내리 달렸고, 뜨뜻한 창자 같은 길은 허연 갈비
뼈를 뽐내는 개 다섯 마리, 내장을 똥싸버린 염소 두 마리를 뭇 생
명들의 식탁에 올려놓고 있었다. 이상하게도, 느릿느릿한 소는 교
통사고로 죽는 일이 드문데, 민첩한 개와 염소는 무수히 차에 치
인다. 그러나 소 또한 세월을 비롯한 수많은 차에 치여 결국에는
죽음의 갈비뼈를 드러내고야 만다. 진실로 이슬과 같은 생명들이
다. 『금강경』에서도 모든 함〔爲〕이 있는 법(法)이란 이슬과 같다
했으니, 우리가 바라보는 이 모든 현상이 이슬일진저.

이슬과 같은 우리들은 이슬 같은 차를 타고 이슬처럼 아름다운
도시, 동방의 베니스라고 일컬어지는 우다이푸르에 도착했다. 이
슬 같은 호수에, 천상의 꽃처럼 화려하게 피어 있는 이슬 같은 궁
전, 궁전의 각 방은 찬란한 햇살을 잔뜩 머금은 이슬처럼 아름답
게 꾸며져 있었으나, 그러기에 그것들은 혹 불면 비틀거렸고, 눈
만 깜박거려도 저세상을 왔다갔다했다.

환장하게도, 이 모든 이슬 없으면, 이슬인 생명들 살아 있을 수

도 없고 죽을 수도 없으니, 엄연한 이슬 같은 세상에서, 이슬 같은
배낭을 짊어진 이 한 생애, 이슬 같은 여행을 통해 과연 깨달을 수
있을까, 세상에서 가장 무서운 것은 이슬이라는, 이슬 같은, 이슬
인 법을?

(문학사상, 11월호)

## 시 작 노 트

엘로라 동굴 제10굴에 새겨진 우주의 갈비뼈는 까마귀와 햇살과 바람과 수증기와 파리가 파먹고 남은 죽은 개의 갈비뼈와 어떻게 다른가? "모든 함이 있는 법(法)이란 꿈과 같고 환(幻)과 같고 물거품 같고 그림자와 같으며, 이슬과 같고 또한 번개와 같나니, 응당 이와 같이 관(觀)하라"〔一切有爲法 如夢幻泡影 如露 亦如電 應作如是觀〕는 『금강경』의 이슬과 같은 구절을 생각한다. 사원에서 낮잠을 자던 원숭이들이 내 손에서 잠시 쉬고 있는 바나나를 향해 날쌔게 달려든다.

**차 창 룡** 1989년 《문학과사회》에 작품을 발표하며 시작활동 시작. 시집으로 『해가 지지 않는 쟁기질』, 『미리 이별을 노래하다』, 『나무 물고기』 등이 있음. 김수영문학상 등 수상. carchang@hanmail.net

# 마들은 없다

마들상가 뒤쪽을 몇 바퀴 돌았다
빌딩 숲에서 길 잃은 말처럼 돌아나오며
나는 잠시 두리번거린다
들판은 어느 쪽일까 방향을 몰라
주택공사 앞 계단 아래 말뚝처럼 서서
말 울음소리 들리는 듯 귀를 세운다 비 오는 저물녘
헐한 저녁이 내 허공을 꽉 채운다
저 빗소리 저 어둠도 오래 내릴 들판이 있던가
고위층처럼 뽐내는 고층 빌딩들
공중에다 몰래 제 속을 허문다
차들에 밀려 마들은 한쪽으로 기울고
말발굽 소리 언제 내 가슴 들이받고 사라져버렸다
나는 말이 뛰놀던 들에 대해 생각해보았다
지나간 것은 지나가버려 아득하고
먼 것은 멀어서 하루가 짧다
옛 들판 옛 바람 돌이킬 수 없어
말보다 들이 무섭다며 사람들이 마들을 빠져나간다
있다가도 없는 게 생(生)이다, 마들이여
나는 너에게 줄 야마(野馬)*도 없는데
내 생각은 말의 안장처럼 세월 위에 얹힌다
누가 나에게 사는 일 깨닫게 하려고 나쁜 일도 주는 걸까.

어딘가 들판 그리운 사람 있을 듯
헐렁한 내 신발은 아직 집 밖에 있다
여기서 마들 찾을 길 없고 이 길 한쪽에서
생각나는 것은 우리의 생(生)이 그렇듯
마들이 말의 들인 줄 모르고 모르므로
이제 마들은 없다


*야마(野馬)는 아지랑이를 뜻함.


(문예중앙, 겨울호)

**시 작 노 트**

그 옛날 말[馬]이 뛰놀던 들판이었다는 마들이
지금은 흔적조차 없다.
마들! 하고 부르면 들판 저 끝에서 말들이
싱싱 달려올 것만 같은데, 마들은 이제 말의 들이 아니다.
말도 들판도 사라진 마들에서
사라진 것들을 추억하거니 마들이여, 오늘은
그 이름만으로도 반갑구나

**천 양 희** 1942년 부산 출생. 이화여대 국문과 졸업. 1965년 《현대문학》으로 등단. 시집으로 『마음의 수수밭』, 『오래된 골목』 등이 있음. 소월문학상, 현대문학상 등 수상.

# 구름들

구름에 걸려서 사람들이 넘어진다
그렇게 많은 사람을 덧없이 죽여 놓고
구름들이 조용히 여름 대낮을 흘러간다
보라! 큰 감자 모양의 구름
어떤 구름은 상어를 닮았다

구름은 넘어지는 법이 없다
넘어진 사람들을 넘어서
구름들이 낮과 밤을 흘러가고
남대문시장에 북적거리던 인파가
오늘은 동대문시장에서 시끌벅적 출렁거린다

옷, 옷들, 옷가게의 점원들,
하나의 몸뚱이를 휘감는 천들이 있고
흘러가는 구름 아래 수많은 옷들이 있다
벌거벗지 않고 사람들은 모두 옷을 입고 돌아다닌다
그러나 구름을 걸친 채 누워 있는
알몸뚱이를 보았는가

이 세상 옷이 아니기 때문에
수의는 값이 비싸다

어느 여행객에게 수의를 입히고
먼길을 떠나는지 모르겠으나
느린 장의차에서는 벌써
구름 냄새가 피어오른다

**최 승 호** 1954년 춘천 출생. 1977년 《현대시학》으로 등단. 시집으로 『대설주의보』, 『진흙소를 타고』, 『세속도시의 즐거움』, 『눈사람』, 『그로테스크』, 『모래인간』 등이 있음. 김수영문학상, 대산문학상 등 수상.

# 다대포 일몰

해지는 거 보러 왔다가
해는 못 보고
해지면서 울렁울렁 밟아놓고 간
바다의 속곳, 갯벌만 보네

해가 흘려 놓고 간 명백한 지문
어서 바닷물을 보내
현장검증 중인 지문을 지우지만
갯벌은 해가 남긴 길고 긴 증거를
온몸으로 사수하네

시부렁 지부렁 등을 밀어붙이며
그 지문에 다 쓰여 있다고

한 여인이 재빨리 와
이 과격한 문서를
저 혼자 읽고 숨기네

뒤꿈치로 쿡쿡 밟으며
쑥쑥 지우며

(문학사상, 2월호)

**시 작 노 트**

내 집에서 서해는 너무 멀리 있지만 서해는 멀리 있는 것이 아니라 아주 오래 전부터 내 가슴에서 이미 술렁이고 있었다는 것을 알았다. 다대포 바다는 내 집의 남쪽이지만 자주 나는 방향감각을 잃고 그곳을 서쪽으로 착각한다.

**최 영 철** 1956년 경남 창녕 출생. 1986년 《한국일보》 신춘문예로 등단. 시집으로 『개망초가 쥐꼬리망초에게』, 『일광욕하는 가구』, 『야성은 빛나다』 등이 있으며, 산문집 『나들이 부산』과 어른동화 『사랑하게 되면 자유를 잃게 돼』 등이 있음. 백성문학상 수상.
http://gamangcho.hihome.com  jms5244@hanmail.net

## 칼과 칸나꽃

너는 칼자루를 쥐었고
그래 나는 재빨리 목을 들이민다
칼자루를 쥔 것은 내가 아닌 너이므로
휘두르는 칼날을 바라봐야 하는 것은
네가 아닌 나이므로

너와 나 이야기의 끝장에 마침
막 지고 있는 칸나꽃이 있다

칸나꽃이 칸나꽃임을 이기기 위해
칸나꽃으로 지고 있다

문을 걸어 잠그고
슬퍼하자 실컷
첫날은 슬프고
둘째 날도 슬프고
셋째 날 또한 슬플 테지만
슬픔의 첫째 날이 슬픔의 둘째 날에게 가 무너지고
슬픔의 둘째 날이 슬픔의 셋째 날에게 가 무너지고
슬픔의 셋째 날이 다시 쓰러지는 걸
슬픔의 넷째 날이 되어 바라보자

상가집의 국수발은 불어터지고
화투장의 사슴은 뛴다
울던 사람은 통곡을 멈추고
국수발을 빤다

오래 가지 못하는 슬픔을 위하여
끝까지 쓰러지자
슬픔이 칸나꽃에게로 가
무너지는 걸 바라보자

(현대시학, 9월호)

### 시 작 노 트

우리가 아무리 강력한 힘을 가졌다 해도 속수무책으로 당하고 좌절할 수밖에 없는 게 인생 아닌가. 비겁하고 비겁하게 거대한 힘에게 목을 들이밀 수밖에 없는 나, 그런 나 자신을 바라보다 만난 칸나꽃, 그것이 슬픔의 정수처럼 생각된 적이 있었다. 붉게 구겨져 늘어진 꽃잎들…… 그 슬픔도 또한 날이 가면서 흐려지고 잊혀지게 될 줄이야……

**최 정 례** 1955년 경기 화성 출생. 1990년 《현대시학》으로 등단. 시집으로 『내 귓속의 장대나무숲』, 『햇빛속에 호랑이』, 『붉은 밭』 등이 있음. ch2222@dreamwiz.com

최종천

# 入住

친구들은 다 아파트로 이사 가는데
우리는 언제 이사 갈 꺼야 아빠! 하며
대들던 녀석이
그날 밤
둘 사이에 끼어들었다
물난리 난 후 처음으로
아내와 집 한 채 짓고 싶던 밤이었다
녀석을 가운데 두고
셋이서 한 몸이었다
그렇게라도 아쉬운 대로
집 한 채 지어 주었다


(시인세계, 겨울호)

## 시 작 노 트

요즈음 아파트들은 고급을 넘어 타락으로 치닫고 있다.
그런데 입주란 그야말로 입주로서 그 속에 들어가
자신을 감추거나 잃어버리지 말아야 한다.
한 알의 씨앗을 땅 속에 입주시키는 만큼이나 간단하고 소박해야 한다.
부부간의 사랑행위를 집을 짓는다고 하는 표현은
옛날의 그 가난하고 소박한 생활환경과 조건에서 나온 것이다.
집을 짓는 것이지 감옥을 짓는 것은 아니다.
궁궐 같은 화려 찬란한 집에 갖가지의 장치들을 해 놓고 그것을
행복이라고 착각하는 사람들, 그들은 불행하다.
인간은 동물과 달리 그가 아는 바와 행동하여 나타나는 바가 다르다.
사랑은 사랑을 하는 것이다라는 말의 곁에서
증오는 증오를 하는 것이다라는 말이 서성거리고 있다.

**최 종 천** 1954년 전남 장성 출생. 1986년 《세계의문학》에 작품 발표. 1988년 《현대시학》에 추천 완료. 시집으로 『눈물은 푸르다』 등이 있음. 신동엽창작기금 수혜.
ch3014eo@hanmail.net

# 메밀밭에서는

메밀밭에서는 수천 마리 벌들이 요란스럽게
윙윙거리며 꽃 위로 날아올라갔다가 내려오고
햇빛은 번쩍번쩍 기슭으로 내려간다
반소매 차림의 여인이 햇빛에 밀려
흙길에 나타났다가 사라진다
벌들은 계속 꽃 위에서 아래로 오가며
윙윙거리고 햇빛은 내려가고 메뚜기들은
지느러미를 움직이기 시작한다 하늘에는
새들이 먼 곳으로 날아가거나 날아온다 오층 석탑도 폐사지도
가거나 온다
오늘은 처서, 한낮은 점점 끓어올라
비등점 가까이 이르고 구름이 뭉게뭉게
일어나고 덤프트럭이 달린다 간혹
여인들이 길 위에 나타나지만
메아리는 일어나지 않는다
이제 메밀밭에는 햇빛도 벌소리도
밀도를 죽인다 한낮은
기우뚱 서쪽으로 넘어가고 소리들은
고랑으로 내려선다 그림자들이

158

어둠 속으로 들어가 자취를 감춘다

(문학과사회, 가을호)

**최 하 림** 1939년 전남 목포에서 출생. 1964년 《조선일보》 신춘문예로 등단. 시집으로 『우리들을 위하여』, 『작은 마을에서』, 『겨울 깊은 물소리』, 『굴참나무숲에서 아이들이 온다』, 『풍경 뒤의 풍경』 등이 있으며, 『김수영 평전』, 『우리가 죽고 죽은 다음 누가 우리를 사랑해 줄 것인가』, 『한국인의 멋』 등의 저서와 편저가 있음. 현대불교문학상 등 수상.

# 듣는 사람

그와 이야기하고 있으면 강장동물이 떠오를 것입니다 입과 항문이 붙어 있는 빛나는 촉수들을 본 적 있겠지요? 그는 물결의 흐름에 몸을 맡기듯, 잡다한 소리들을 섭생합니다 그가 당신의 말을 흘려듣는다면 속이 더부룩하다는 증거입니다

그의 귀는 한밤중에 외출을 시도하지요 그의 귓바퀴는 강력본드와 같이 걸쭉해집니다 물론, 아침이 되면 당신은 안심해도 좋습니다 이웃들의 발걸음이 무거운 것은 꼭 그의 탓만은 아닙니다 당신인들, 어디에서 완벽한 어둠을 구하겠습니까?

당신은 그에 대해 깊이 생각하지 않아도 좋습니다 그에게 소리들이란 평등했던 것뿐이니, 당신은 그를 명명하지 않는 것이 낫습니다 당신이 그의 얼굴을 기억하지 못한다고는 해도, 그는 지금 어둠 속에서 환하게 발광할 것입니다 눈이 먼 심해어들과 고요하게 흔들리며 말입니다

(현대시학, 12월호)

## 시 작 노 트

　환해지고 아침이 온다. 빛이 조금씩 사라지고 어둠이 오고 밤이 된다. 그리고 다시 아침이 올 것이다. 당연한 일이다. 믿을 수 없을 만큼 오래된 반복. 이 빛과 어둠의 가운데서 당신의 말이, 나의 말이, 특별한 소리가 되기란 얼마나 어려운 일인가? 필요한 것은 고요한 자세일지 모른다. 바다 밑의 식물처럼. 그러나 그 고요한 흔들림과 마주치는 것은 또 얼마나 힘든 일인가?

**하 재 연** 1975년생. 2002년 《문학과사회》로 등단. hahayoun@hanmail.net

# 화요일밤

　강의를 마치고 집으로 돌아가는 차 안에서 문득 내게 집을 지어준 목수 생각, 그 못질하던 망치소리, 못을 박고, 각을 맞추어 기둥을 세우던, 서까래를 얹어 지붕을 만들고, 벽을 쳐서 방을 만들던. 몸을 편히 쉬고, 잠들 공간을 내게 마련해 준 그 분이 불현듯 그리워져 그 분을 찾아간다. 그 분의 집은 이층, 위층엔 그 분이 계시고, 아래층엔 관리인이 살고 있다. 그 날 창문엔 불이 꺼져 있고, 문을 열고 마당에 들어서니 언제나같이 그 분의 어머님이 인자한 미소로써 맞아주신다. 고요한 집 어딘가 노랫소리 가늘게 들려온다. 노랫소리 따라가니 지하실이다. 울음소리, 웃음소리, 들어서니 한떼의 사람들이 모여 제 몸에서 못을 빼내고 있다. 매주 화요일밤마다 모여 살아오면서 박았던 못을 하나 하나 뽑으면서, 어떤 이는 아파서 울고 어떤 이는 시원해서 웃고, 어떤 이는 제 몸이 불쌍해서 쓰다듬으며 울고 웃고 있다. 그 지하실로 들어가니 웬일인가, 내 몸에 박힌 굵고 긴 장대못이 보인다. 가슴을 가로질러 단단히 박혀 아무리 빼려 해도 좀체로 빠지지 않는다. 아무래도 이 못을 빼내려면 매주 화요일밤마다 이리로 와야겠다.

(시로여는세상, 봄호)

## 시 작 노 트

음양오행으로 보면 화요일은 불의 요일이다. 인간의 욕망이 불처럼 일어나는 이 화요일 날은 나는 원죄의 못을 생각하고, 가끔은 이 죄의 못을 뽑기를 원하며 기도하게 된다. 이 기도의 풍경이 바로 나의 시다.

**한 광 구** 1944년 경기 안성 출생. 1974년《심상》으로 등단. 시집으로 『이 땅에 비오는 날은』, 『상처를 위하여』, 『꿈꾸는 물』, 『서울. 처용』, 『산으로 가는 문』 등이 있으며, 장편소설 『물의 눈』이 있음. 현재 추계예술대학교 문예창작학과 교수로 재직중.

# 어민후계자 함현수

형님 내가 고기 잡는 것도 시로 한번 써보시겨
콤바인 타고 안개 속 달려가 숭어 잡아오는 얘기
재미있지 아느시겨 형님도 내가 태워주지 않았으겨
그러나저러나 그물에 고기가 들지 않아 큰일났시다
조금 때 어부네 개새끼 살 빠지듯 해마다 잡히는
고기 수가 쭉쭉 빠지니 정말 큰일났시다 복사꽃 필 때가
숭어는 제철인데 맛 좋고 가격 좋아 상품도 되고……
옛날에 아버지는 숭어가 많이 잡혀
일꾼 얻어 밤새 지게로 져 날랐다는데 아무 물때나
물이 빠져 그물만 나면 고기가 멍석처럼 많이 잡혀
질 수 있는 데까지 아주, 한 지게 잔뜩 짊어지고
나오다보면 힘이 들어 쉬면서 비늘 벗겨진 놈
먼저 버리고 또 힘이 들면 물 한 모금 마시면서
참숭어만 냉겨놓고 언지, 형님 갯숭어 알지 아느시겨
언지는 버리고 그래도 힘이 들면 중뻘에 지게 받쳐놓고
죽을 것 같은 놈 골라 버리고 그렇게 푸덕푸덕대는
숭어를 지고 뻘 길 십 리 길 걸어나와
온몸이 땀범벅이 된 채 곳뿌리 끝에 서서
담배 한 대 물고 걸어나온 길 쳐다보면서
더 지고 나오지 못한 것을 후회도 했다는데
뻘 길 십 리 길 가물가물 멀기는 멀지 아느껴 힘들더라도

나도 그렇게 숭어 타작 좀 한번 해보았으면 좋겠시다

현수씨 콤바인 타고 들어가 고기 싣고 나오는 얘기는
여차리* 일부 뺄 얘기지만 뺄이 딱딱해진다는
너무 슬픈 얘기라 함부로 글을 쓸 수 없고
고기 버리며 나와 온 길 다시 쳐다보았다는
아버지 얘기는 그냥 시인데 뭘 제목만
'인생' 이라고 붙이면 되지 않겠어

형님, 한잔 드시겨


*강화군 화도면에 있는 마을 이름.


(문학동네, 여름호)


**함 민 복** 1962년 충주 출생. 서울예대 문창과 졸업. 1988년 《세계의문학》으로 등단. 『우울씨의 1일』, 『자본주의의 약속』, 『모든 경계에는 꽃이 핀다』 등이 있음.

# 흙의 꿈

　서걱이는 풀섶 속에 보이지 않는 짐승의 길이 있듯 하늘에는 더 높은 하늘을 젓는 새의 길이 있다. 부분은 전체보다 클 수 있다. 밭 두렁 돌무더기 속에서 신혼의 손이 찾아내었던 암막새 조각이 몸으로 그렇게 말하고 있다. 화려한 날개 펼치고 있는 가릉빈가. 갈고리 발가락이 잡을 나뭇가지는 천년의 바람처럼 눈에 보이지 않지만 솔바람 소리내며 타오르던 장작불 불길이 구워낸 황홀한 흙의 상상력. 무쇠보다 강한 흙 조각에서 가을바람 소리가 나는 것은 이름 없는 신라 와공 새김칼 날 끝에 비치던 은백색 억새 물결 때문이다. 황룡사 절터 밭 두렁 길에서 바라본 코발트 블루 하늘의 맑은 높이. 풍경이란 말이 동사가 되는 추령재 칠십의 굽이에서 다시 만나네. 흙도 꿈을 가지면 맑은 노래 꽃잎처럼 뿌리는 새가 되네.

(시안, 겨울호)

**시 작 노 트**

　유난히 맑은 가을날이었다. 절터는 넓적한 밭이었다. 밭둑은 목이 긴 억새풀에 가려 보이지 않았다. 우리는 기와조각을 찾아 돌무더기를 뒤졌다. 아내의 옷고름이 이따금 바람에 날리던 일이 생각난다. 지난 가을 기림사에서 돌아오는 추령길에서 내가 보았던 것은 초가집 사이에 커다란 초석들이 흩어져 있던 황룡사 절터 옛날 풍경과 그 사이를 걷고 있는 젊은 날의 우리 모습이었다. 아득한 세월의 지평 너머 아련히 떠오르던 그 모습이 이 작품의 모태가 되었다.

**허 만 하** 1957년 《문학예술》로 등단. 시집으로 『해조』, 『비는 수직으로 서서 죽는다』, 『물은 목마름 쪽으로 흐른다』 등이 있으며, 산문집으로 『길과 풍경과 시』 등이 있음.
mhhuh@korea.com

홍일선

# 매향리에 관한 명상

1.
모든 생명 가진 것들은
저마다 유배지 한곳씩 가꾸며 산다.
농섬 야윈 벼랑은 저의 슬픔을
차마 더 매향리 사람들에게 보여줄 수 없어서
칠흑 화염의 꽃들
허공에 피워야 했으니
오늘밤 매향리 앞바다엔
적멸보궁 한 채
아프게 또 지어질 것이다.
한쪽 눈이 파헤쳐진 佛頭들이
여기저기 아무렇게 나뒹굴면
오랜날 남양만 헤매다 온 허기진 만조
가여운 농섬에 떨어지고 있는
불꽃이나 덧없이 바라보고 있어야 했을 것이다.
만조도 이젠 힘이 부쳐
유배지에 몸 눕히기도 어려웠으리라.


2.
바로 어제
아프가니스탄 이슬람들을 능욕하고 온

미제 피묻은 폭격기 편대들이 몰려오고 있다.
開花다 꽃이 활짝 만발한 것이다.
그리고 가까운 내일
저들 폭탄 투입구가 아직 따수운 전투기들은
조선민주주의인민공화국 수도
우리 어머니가 계신
평양 을밀대 성 밖 아랫마을을 향할 것이다.
그러나 그날
위대한 자유의 여신상이 지켜주는
미합중국 한복판 뉴욕을 향해 날아간
슬픈 운명의 비행기 몇 대 있었을 것이다.
아, 아픈 개화
저, 저 쓰라린 개화
매향리 사람들 슬픈 눈빛들이
말없이 지켜보아야만 했는데…
지난 세기 미국이
볼리비아에서 베트남에서 캄보디아에서 그라나다에서
칠레에서 아르헨티나에서 팔레스타인에서 이란 이라크에서
그리고 4.3한라산에서 노근리에서 거창에서 동두천에서
용산에서 이태원에서 쑥고개에서 5월 광주에서
한반도 미군이 있는 모든 곳에다

저들이 심어놓은 학살 은폐 분열 이간의 업장들
아주 조금 덜어져서
업장 아주 조금만이라도 가벼워질 수만 있으면 하고
두손 모아 빌었는데.
이제야 매향리 52년간 피눈물을
겨우 닦으려나 했는데…
그러나 저들 핏발선 연민의 눈빛들
미국의 예수 그리스도만이 오직 정의일 뿐이라는
미제국 주 예수 그리스도만이 오직 사랑일 뿐이라는
저, 저 단호한 일사불란한 증오의 눈빛들
아 어찌할꺼나
아 어찌할꺼나.
그렇다 업보다
그렇다 자업자득 대속할 수 없는 업보일 뿐이다.
그날 많은 별들이 매향리 교회 뜨락안으로
고요히 내려왔을 것이다.

3.
오늘 또 매향리
숨막히는 적요속으로 화염의 꽃들이
한송이 두송이 열송이 스무송이 마구 터진다.

끝끝내 소멸시키지 못할 업장 짊어지고
미제 폭격기들이 또 날아온 것이다
그렇다. 다시 눈부신 눈부신 개화다.
예광탄 따뜻한 탄피속을 기어나온
농게 몇 마리
매화꽃 한송이 입에 물고
面壁 오십이년
피어린 벼랑에 오르기 위하여
오체투지로 뻘밭을 기어간다.
매일 한 채씩 지어지는 적멸보궁에
어느새 불이 켜져있다.
귀머거리 가여운 농섬
나무 한 그루 풀 한 포기 자랄 수 없는 꽃섬
아무도 슬퍼하지 않는 소신공양
대화엄의 불꽃이 아스라하다.


(사람과땅의문학, 제3집)

## 시 작 노 트

수원에서 발안, 조암 지나 서해안 작은 포구에 가면 이름이 고운 마을이 있다. 梅香里, 그러나 매향리에 매화나무는 존재하지 않는다. 무자비한 미군들의 살아있는 타켓일 뿐인 슬픈 매향리 농섬.

매향리에 매화나무 한 그루 심는 일이 미군 쿠니사격장 폐쇄운동이라고 믿는 우리들은 작년 봄, 매향리에 매화나무를 심었다. 그때 상심하며 쓴 시가 「매향리에 관한 명상」이다. 그 무렵 새로 깨달은 언어가 있다. 華嚴, 영원히 시들지 않는 꽃의 삶을 이르는 말이다. 지금 이 시간에도 매향리에 미군의 폭격은 계속되고 있을 것이다. 그리하여 대화엄의 꽃 한 송이 또 피어날 것이다.

**홍 일 선** 1950년 경기 화성 출생. 1980년 《창작과비평》으로 등단. 시집으로 『농토의 역사』, 『한알의 종자가 조국을 바꾸리라』 등이 있음. suwoori@hanmail.net

# 다시 마르는 이파리

어느 날 가을바람 불 때
외로움 감별사(鑑別師) 자리 내주고
참새도 쑥부쟁이도 하루살이도 그냥 살고 있는 곳에
살게 해다오.
달포 전 윤선도 고택 마루에 기어다니던 왕지네도 계속 기고
차 앞 유리를 빛살처럼 환히 때리던 부나비도 날고 있는 곳에
살게 해다오.
술맛 감별사 심연섭이 혀 암으로 가듯이
외로움 감별사 자리마저 내주고
외로움의 진면목을
살게 해다오.
그저 낙엽이 아닌, 공중에 뜬 채
온몸으로 바람 쏘여
새로 다시 한번 마르는 이파리로.

(현대문학, 11월호)

**황 동 규** 1938년 서울 출생. 1958년 《현대문학》으로 등단. 시집으로 『어떤 개인 날』, 『풍장』, 『외계인』, 『버클리풍의 사랑 노래』, 『우연에 기댈 때도 있었다』 등이 있으며, 산문집으로 『젖은 손으로 돌아보라』, 『시가 태어나는 자리』 등이 있음. 현재 서울대학교 영문학과 교수로 재직중. Hwangt@snu.ac.kr

황인숙

# 공터

이런 공터가 기다리고 있었다
폐업한 지 오래도록
간판도 내리지 않은 여인숙
먼지 낀 유리문 너머
퍼렁 옷과 빨강 옷이 쌓여 있던
유명 메이커 대(大)할인점
문밖으로 개숫물 졸졸 흘리던 떡볶이집
그리고 동사무소와 파출소 엉덩이 아래
이런 공터가 기다리고 있었다
산 자드락 맛을 물씬 풍기며

말짱 허문 집들 위로
공터가 불쑥 솟아났다
공터 한구석에
낡은 페인트처럼 껍질이 벗겨진
나무 한 그루가 어리둥절 솟아났다
나도 어리둥절,
얼마 만인가, 이 공터

공터의 손을 가만히 잡으면
내 마음은 설렘으로 출렁인다

어린 시절의 공터들이
넘실넘실 돌아온다
그리웠던 공터
그리운 공터.

(문예중앙, 여름호)

**황 인 숙** 1958년 서울 출생. 1984년 《경향신문》 신춘문예로 등단. 시집으로 『새는 하늘을 자유롭게 풀어놓고』, 『슬픔이 나를 깨운다』, 『우리는 철새처럼 만났다』, 『나의 침울한, 소중한 이여』 등이 있음. 동서문학상 등 수상.

신경림 마종기 이승훈

뿔_새들의 꿈에서는 나무 냄새가 난

김영재 한기팔 이명수

겨울별사_말과 침묵 사이_왕촌일

정병근 이홍섭 맹문재

오래 전에 죽은 적이 있다_숨결_물고기에서 배우다_물속가

배한봉 이장욱 박성우    우

오탁번 김지하 김명인

생_벙어리장갑_花開_바다의 아코디언

최동호 도종환 채호기

놀이 하는 달마_슬픔의 뿌리_수련

박형준 이희중 전동균

귀가 피어 있다_참 오래 쓴 가위_함허동천에서 서성이다

왁새_내 잠 속의 모래산_거미

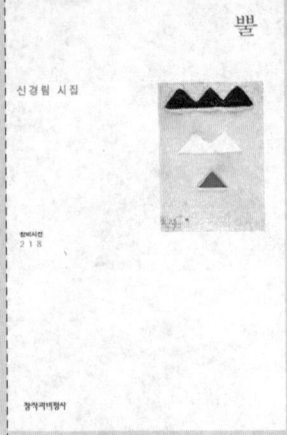

신경림

외진 별정우체국에 무엇인가를 놓고 온 것 같다
어느 삭막한 간이역에 누군가를 버리고 온 것 같다
그래서 나는 문득 일어나 기차를 타고 가서는
눈이 펑펑 쏟아지는 좁은 골목을 서성이고
쓰레기들이 지저분하게 널린 저잣거리도 기웃댄다
놓고 온 것을 찾겠다고

아니, 이미 이 세상에 오기 전 저 세상 끝에
무엇인가를 나는 놓고 왔는지도 모른다

— 「떠도는 자의 노래」 중에서

# 집으로 돌아오는 소회의 노래
— 신경림 시집 『뿔』, 창작과비평사

맹 문 재

신경림 시인의 여덟 번째 시집인 『뿔』에는 길 위를 걷고 있는 한 인간의 모습이 차분하게 담겨 있다. 인간의 삶이란 본래부터 열매를 따먹기 위해서, 사냥을 하기 위해서, 영토를 넓히기 위해서, 또 성욕을 채우기 위해서 길을 걷는 것이다. 즉 자신의 유토피아를 실현하기 위해서 나아가는 것이다. 그리하여 강한 야망을 가지고 집밖으로 나가는 경우든 휴식을 취하기 위해 집으로 돌아오는 경우든 길 끝에는 항상 이상향을 세워놓고 있는 것이다.

그렇다면 신경림 시인이 『뿔』에서 택하고 있는 길의 방향은 어느쪽일까? 그것은 그의 일곱 번째 시집인 『어머니와 할머니의 실루엣』에서 예상되었듯이 집으로 향하는 것이다. "하지만 멀리 다닐수록, 많이 보고 들을수록/이상하게도 내 시야는 차츰 좁아져/내 망막에는 마침내/재봉틀을 돌리는 젊은 어머니와/실을 감는 주름진 할머니의/실루엣만 남았다//내게는 다시 이것이/세상의 전부가 되었다."라고 표제작은 여실히 드러내주고 있다. 집 밖으로 향하는 행보는 꿈과 야망을 품고 있어 속도를 내는 것이지만 집으로 향하는 행보는 그럴 필요가 없다. 잃어버린 집을 찾는 것이 아니라 언젠가 돌아갈 집이 정해져 있으므로 천천히 걷기만 하면 되는 것이다. 그리하여 『뿔』에서의 걸음은 즐겁고 여유가 있고 넉넉하다. "이렇게 서둘러 달려갈 일이 무언가/환한 봄 햇살 꽃그늘 속의 설렘도 보지 못하고/날아가듯 달려가 내가 할 일이 무언가"(「특급열차를 타고 가다가」)와 같이 빨리 가던 걸음을 멈추고 샛길로 들어서서 하늘과 자연 경치를 구경하고 자신에 대해서도 생각하는 것이다.

따라서 『뿔』은 '길'을 집중적으로 추구한 그의 다섯 번째 시집인 『길』과는 다소간의 차이를 보인다. 첫 시집 『농무』 이후부터 추구한 못나고 힘없는 사람들을 돌보고 감싸안으려는 시선이 두 시집에 지속되고 있어 역사적 진실을 추구하는 힘을 가지고 있지만, 『뿔』에서는 보다 자신에 대해 소회적이다.

> 이제 그만둘까보다, 낯선 곳 헤매는 오랜 방황도.
> 황홀하리라, 잊었던 옛 항구를 찾아가
> 발에 익은 거리와 골목을 느릿느릿 밟는다면.
> 차가운 빗발이 흩뿌리리, 가로수와 전선을 울리면서.
> 꽁치 꼼장어 타는 냄새 비릿한 목로에서는
> 낯익은 얼굴도 만나리. 귀에 익은 목소리도 들리리.
>
> — 「陋巷遙」 부분

이처럼 『뿔』에서 서성이고 기웃대는 시인의 걸음은 먼 길을 가다가 잠시 큰 나무에 기대고 앉아 하늘을 바라보며 자신을 생각하는 나그네와 같이 성찰적이고 소회적이다. "가볍게 걸어가고 싶다, 석양 비낀 산길을./땅거미 속에 긴 그림자를 묻으면서."(「집으로 가는 길」), "이쯤에서 길을 잃어야겠다"(「내가 살고 싶은 땅에 가서」)와 같이 노래하고 있는 것이다. 그리하여 시집 후기에서 "한때는 '시를 쓴다'는 생각 때문에 시 쓰는 일이 고통스러웠는데 이제 시도 한그루 나무처럼 자연의 일부로 느껴져요. 그러다보니 시를 쓰는 게 즐

겹습니다."라고 말하고 있는 것이다.

신경림 시인은 "외진 별정우체국에 무엇인가를 놓고 온 것 같다/어느 삭막한 간이역에 누군가를 버리고 온 것 같다/그래서 나는 문득 일어나 기차를 타고 가서는/눈이 펑펑 쏟아지는 좁은 골목을 서성이고/쓰레기들이 지저분하게 널린 저잣거리도 기웃"(「떠도는 자의 노래」)대듯이 계속 이곳저곳을 찾아다니며 사람들과 어울리며 즐거워하고 그리고 노래부르며 집으로 향할 것이다. 그가 기웃거리는 곳은 지금까지 그래왔듯이 농어촌의 마을이거나 저잣거리이거나 광산촌이거나 허름한 동네와 같은 누추한 곳들이고, 베트남이나 중국과 같은 이국에서도 마찬가지일 것이다. 결국 "사나운 뿔을 갖고도 한번도 쓴 일이 없"(「뿔」)는 사람들을 찾아가는 길이다. 따라서 민중시를 쓰는 후배 시인들을 너무 나무라지 말고 넉넉히 품고 갔으면 좋겠다. 점점 개인주의와 물질주의의 바람에 건장한 시인들이 쓰러지는 이 시대에, 시의 사회참여를 위해 노력하는 그들을 칭찬해줄 필요가 있지 않은가. 그것이 보다 생명력있는 시를 쓰게 하는 따스한 가르침일 것이다. 진정 "내 눈앞에 되살아나는 그 길은 아름답"(「그 길은 아름답다」)구나.

**신 경 림** 1935년 충북 충주 출생. 1956년 《문학예술》로 등단. 시집으로 『농무』, 『새재』, 『달 넘세』, 『남한강』, 『가난한 사랑노래』, 『길』, 『쓰러진 자의 꿈』, 『어머니와 할머니의 실루엣 』, 『뿔』 등이 있음. 이산문학상, 만해문학상, 대산문학상 등 수상.

**맹 문 재** 1963년 충북 단양 출생. 1991년 《문학정신》으로 등단. 시집으로 『먼 길을 움직인다』, 『물고기에게 배우다』 등이 있으며, 『한국 민중시 문학사』, 『패스카드 시대의 휴머니즘 시』, 『페미니즘과 에로티즘 문학』, 『한국 현대 대표 시선』, 『세상에서 가장 따스한 집』, 『다시 읽는 정지용 시』 등의 저서와 편저가 있음.

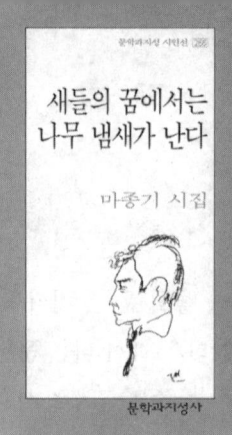

가령 꽃 속에 들어가면
따뜻하다.
수술과 암술이
바람이나 손길을 핑계 삼아
은근히 몸을 기대며
살고 있는 곳.

시들어 고개 숙인 꽃까지
따뜻하다.
임신한 몸이든 아니든
혼절의 기미로 이불도 안 덮은 채
연하고 부드러운 자세로
깊이 잠들어버린 꽃.

—「축제의 꽃」 중에서

# 시든 꽃, 따뜻하고 겸허한 꽃
— 마종기 시집『새들의 꿈에서는 나무 냄새가 난다』, 문학과지성사

문 혜 원

'축제의 꽃'은 어떤 것일까? 축제에 사용되는 꽃, 축제처럼 난만하고 화려하게 피어난 꽃, 축복과 기쁨의 상징인 꽃…. 그러나 마종기의「축제의 꽃」안에는 만개한 꽃도, 화려한 축제도 없다. 다만 '시들어 고개 숙인 꽃'이 있을 뿐이다. 아마도 축제는 이 고개 숙인 꽃의 찬란했던 한 시절의 비유일 수 있을 것이다. 해설자가 지적한 것처럼, 이 시에서 가장 난해하고 의미있는 부분은 "이별이여, 축제의 표적이여"라는 구절이다. 축제가 지향하는 궁극적인 목표는 결국 이별이다. 굳이 생과 사의 헤어짐이 아니더라도, 정점에서의 추락, 열정 끝의 무관심 등등의 모든 세상사가 '이별'에 해당한다. 한마디로 그것은 절정의 순간에 소멸로 향하는 생명의 아이러니를 담고 있는 것이다. 인간의 삶도 그와 같다면, 꽃이 시들어가는 것은 인간이 늙어가는 과정에 비유되고 '이별'은 곧 죽음일 것이다.

그렇다면 '이별'에 이르는 삶은 과연 축제 같은 것이었던가? 그의 시들은 그렇지 않다고 말한다. 삶은 순식간에 세상을 휩쓸고 사라지는 폭풍처럼 드라마틱한 것이 아니라, 밀려왔다 밀려가기를 반복하는 파도처럼 지리하고 단조로운 것이다(「파도」). 축제와도 같은 행복한 날은 순간에 사라지고, 나머지 대부분의 시간을 고통과 번민과 그보다 더한 무의미 속에 살아가는 것이 인간의 삶이다. 마종기는 인간의 삶이 대부분 보상받지 못하고 초라하게 마감되는 것

임을 알고 있다. ("창문을 열면 무거운 풍경의 언덕으로/ 억울하게 참고 살았던 혼들이 떠나고/ 그 몸들 다 젖은 채 초라하게 고개 숙인다." - 「그레고리안 성가 1」) 나이가 든다는 것은, 그럼에도 불구하고 삶이 반복되고 계속된다는 것을 아는 것이다. 번성했던 한 시절을 보내고, "천하가 도도히 헛것으로 향해 간다는 음침한 소문"(「열매」)에 위협을 당하면서도 묵묵히 마지막 남은 열매를 익히는 것, 그것이 그가 생각하는 '맨 마지막 장'(「첫날 밤」)의 일이다.

그 자리에서 바라보는 생의 가장 중요한 교리는 서로 사랑하라는 것, 그리고 '세상의 제일은 따뜻함이라는 것'이다. 그는 이 깨달음을 일차적으로 자연에서 얻는다. 그러나 그 자연은 '인간을 둘러싸고 있는 물리적인 환경'이라는 상식적인 의미 위에 종교적인 성질이 덧씌워져 있는 자연이다. 예를 들어 그는 사도 요한이 묵시록을 썼다는 파트모스 돌섬을 돌아보고, 그 주변에 피어난 들꽃들에게서 서로 사랑하라는 목소리를 듣는다.(「들꽃의 묵시록」) 그의 자연은 이처럼 종교성이 바탕이 되어 있다는 것이 특징이다. 그는 인간의 삶의 상처가 단련되어 투명해진다는 것을 믿는다. 상처가 단련되어 굳은살이 생겨날 때 마침내 하늘이 열리고, 그 속에 피어있는 연한 꽃송이를 보게 되는 것이다.(「그레고리안 성가 3」) 그가 자연의 미물들에서 사랑과 감사를 발견할 수 있는 것은, 이러한 믿음을 간직하고 있기 때문이다. 그 자신이 '영성적 체험'이라고 표현한 것은 바로 이것, 종교적인 믿음의 바탕에 자연에서 발견하는 생명의 섭리가 결합된 것이라고 할 수 있다. 종교이든지 자연이든지, 그것들의 공통점은 시인보다 크고 위대한 것이라는 점이다. 그는 그 앞에서 겸손하다.

그는 또한 이러한 경험을 '분석'과 '해석'의 차이라고 말하고 있다. "시의 분석은 면밀하고 과학적이어서 흥미롭고 명쾌하지만 해석적 접근은 합리적이지 못하고 비약이 있을 수 있다. 그러나 가끔은 영성적 체험의 깊고 조용한 시간을 공유한다. 그 때 내 시는 내게 귀해진다"는 말을 시로 옮겨놓으면 이렇다. "나이 들수록 남들이 다 당연하다며 지나치는 일들이 내게는 점점 더 당연하지 않게 보이는 것은 내 분별력이 흐려져가기 때문인가. 아무려나, 흐려져가는 분별력 위에 선 신비한 땅이여, 우리가 언제 당신 옆에 가면 그 때부터는 당신의 알뜰한 솜씨를 다 알아볼 수 있겠는가."(「깨꽃」) '분석'은 평생 의사로 살아온 그의 일상적 삶의 모습을 표현한 것이기도 할 것이다. 오직 앞만 보며 달려야만 했던 날들은 「호박같은」, 「목련, 혹은 미미한 은퇴」에 잘 나타나 있다. 이제 분별력이 흐려졌다는 것은 나이가 들어 판단능력이 떨어졌음을 의미하는 것이 아니라, 분석하는 일을 그만두고 '해석'하는 삶을 살기 시작했다는, 즐거운 푸념이다. '해석'의 삶은 비약과 비논리가 개입될망정, 세상의 진짜들을 보면서 살아가는 새로운 삶이다. 그것은 신 앞에서의 겸허함과 자연의 미물들에 대한 따뜻한 애정으로 대변된다. 그러므로 '이루지 못한 꿈'을 안고 '그대'에게로 가는 그의 여정은 따뜻하고 신선하다. 편안하지만은 않았던 지나간 시간을 긍정하고 수용할 수 있는 힘은 여기에서 나온다. 그럼으로써, 시들어 고개 숙인 꽃은 '축제의 꽃'이 되는 것이다.

**마 종 기** 1939년 일본 동경 출생. 연세대 의대, 서울대 대학원 졸업. 1959년 《현대문학》으로 등단. 시집으로 『조용한 개선(凱旋)』, 『두번째 겨울』, 『변경(邊境)의 꽃』, 『안보이는 사랑의 나라』, 『모여서 사는 것이 어디 갈대들뿐이랴』, 『그 나라 하늘빛』, 『이슬의 눈』 등이 있음. 한국문학작가상, 편운문학상, 이산문학상 등 수상.

**문 혜 원** 1965년 제주 출생. 서울대 국문과 및 동대학원 졸업. 1989년 《문학사상》 신인상 수상. 저서로 『한국 현대시와 모더니즘』과 평론집 『흔들리는 말, 떠오르는 몸』, 『돌멩이와 장미, 그 사이에서 피어나는 말들』 등이 있음.

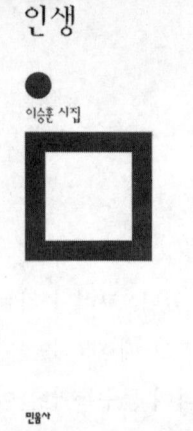

인생

이승훈 시집

민음사

　이형! 사물의 편에 서십시오 내가 아니라 사물, 말하자면 이 연구실의 편에서 글을 써야 하고 인간의 고독은 이 연구실의 고독에 비하면 초라합니다 비 오던 밤들을 보낸 이 연구실, 두 달 동안 공사가 진행된 이 방, 그러니까 두 달 동안 이 방의 주인은 내가 아니라 밤에 내리던 비였습니다

　그러나 기인 우기를 보낸 이 방은 고독이라는 말을 모릅니다 고독은 인간의 편입니다 이제부턴 내가 아니라 이 연구실이 시를 써야 합니다 인간은 좀더 겸손해질 필요가 있습니다 이 방의 주인은 이 방이고 이 방이 말하고 이 방이 침묵합니다 인간은 끔찍합니다 이 방. 이 침묵하는 방, 이 절대적 타자에게 문학은 무엇이고 철학은 무엇이고 사랑은 무엇입니까?

　　―「사물의 편에서」 중에서

# 언어의 사유중심주의: 해체에서 불교까지

— 이승훈 시집 『인생』, 민음사

윤 호 병

시인 이승훈에게 있어서 '언어'는 그의 시-쓰기의 시작이자 끝이고 방법이자 목적이며 해체이자 사유이다. 등단 초기 시집 『사물A』에서부터 가장 최근의 시집 『인생』에 이르기까지, 그의 시 세계를 이끌어가고 있는 원동력은 바로 이와 같은 의미의 '언어'에 있다. 따라서 한국시단에서 그는 언제나 '모더니스트 시인'으로 평가되어 왔으며 한국의 모더니즘 시에는 항상 이승훈이 자리잡고 있다. 물론 그를 하이-모더니스트, 아방-모더니스트, 포스트-모더니스트 등으로 평가하기도 하지만, 이러한 평가는 '모더니스트 이승훈'을 일컫는 다른 명칭에 해당한다.

이승훈의 詩歷 40년의 결산이 집약되어 있는 그의 최근 시집 『인생』(민음사, 2002)의 시 세계는 크게 두 가지로 읽어낼 수 있다. 하나는 '언어의 세계'이고 다른 하나는 '불교의 세계'이다. 그러나 이두 세계는 명확하게 구별되는 것이 아니라 상호-텍스트성을 형성하고 있다는 점에서 그 특징을 찾아볼 수 있을 것이다. 이승훈이 그동안 언어에 의해서 사물의 이미지를 되도록 정확하게 짚어내는 일에 전념했다면, 이번 시집에서는 사물에 의해서 언어를 되도록 정확하게 파악하는 일에 전념하는 한편, 다른 한편으로는 그러한 작업을 불교를 통해서 성취하려고 했다는 점을 들 수 있다. "모더니즘, 포스트모더니즘, 해체주의를 거쳐 불교를 만나게 된 건 고마운 인연이다. 산이 물 위로 간다. 가는 것은 산인가 물인가. 최근의 화두이다'라는 시인 자신의 언급처럼, 그가 파악해 내는 불교에는 고행, 명상, 사상, 인고 등이 포함되어 있다기보다는 사물중심주의를 근간으로 하는 언어의 사유중심주의가 포함되어 있다. 『인생』에 수록된 「사물의 편에서」(pp. 68~69)에서 이승훈은 자신의 '사물중심주의'를 강조하고 있으며, 필자는 이 시를 '사물의 진실과 언어의 욕망'(《현대시학》, 2001. 5)으로 파악하였다.

그의 시집 『인생』에서 언어에 관계되는 시로는 "말을 사랑하십시오"를 강조하는 「말의 사랑」, "언어는 고향이 없습니다 오늘도 고향에서 쫓겨납니다"의 「떠돌이 언어여」, "난 글쓰는 사람/ 언어는 저항한다"의 「언어 2」, "언어에 대해서 난 할말이 없다 언어는/ 나와 관계가 없다"의 「언어 1」, "그러나 언어여 그/ 대라도 있다는 것이 행복입니다"의 「언어 서방」 등을 들 수 있으며, 그의 이러한 언어관은 「언어 놀이」에 집약되어 있으며 이 시의 전문은 다음과 같다.

> 놀다 가는 인생이여 쓸쓸해서 놀고 다정해서 놀고 괴로워
> 서 노네 놀이는 다른 시간 사랑도 다른 시간 이른 봄
> 마당에 병아리 한 마리 놀고 병아리 곁에 나도 놀고 흐
> 르는 강물은 길이길이 푸르리니 非有非無여 그러므로
> 내가 있네

'있는 것도 없고 없는 것도 없다'라는 명제가 보여주듯이 사물이나 대상으로서의 '병아리' 자체가 그 어떤 언어의 힘보다도 더욱 강하다는 점을 위에 인용된 시에서는 강조하고 있다. 이승훈의 이러한 강조는 불교의 세계에 대한 그의 관심에서 찾아볼 수 있다. 그의

그러한 관심을 우리는 "天眞이여/ 내 몸 그대에게 맡기고/ 세상이나 한 바퀴 돌고 오자"로 끝맺는 「天眞」, 「眞如여 속절없이 찾아 헤맨/ 날들이여」의 「眞如」, "나는 물고기 연꽃과 연꽃/ 사이에 한 세상이 있네"로 끝나는 「연꽃 옆에」, "萬/法一如요 如夢相似입니다"의 「한 송이 꽃」 등에서 찾아볼 수 있으며, 다음에 그 전문을 인용하는 「새떼」에는 이 모든 것이 종합되어 있다.

> 저쪽으로 날아가는 새는 이쪽으로 날아오고 저 산이 들
> 판이네 바람 불면 새떼들이 날지만 처음부터 새떼들은
> 없고 하얀 갈대뿐이네 신발 한 짝 두고 돌아올 뿐이네

이 시에서 강조하는 것은 사물과 사물의 경계선 파괴하기와 무경계로서의 사물의 존재 파악하기에 있다. 말하자면 '저쪽/이쪽,' '날아가는/날아오고,' '산/들,' '있다/없다' 등의 첨예한 대립은 사라져버리고 모든 사물/대상은 '바람'이나 '흔적'으로서 존재하게 된다. 새떼를 날아오르게 하는 바람은 날아가 버린 새떼와 함께 그 존재가 사라지기도 하고 그 자체가 흔들어 놓는 갈대에 의해서 그 존재가 드러나기도 한다. 타자에 의해서만 자신의 존재를 드러내는 '바람'이나 원본의 소멸에 의해서만 그 자체를 드러내는 '흔적'이 요소는 이승훈이 불교의 세계를 새롭게 재-해석하는 '네오-헬리콘니즘'의 요인으로 작용하게 된다.

자신의 최근 시집 『인생』에서 언어와 불교라는 두 가지 명제를 종합함으로써, 이승훈은 시-쓰기 혹은 시 자체에서도 새로운 태도를 보이게 된다. 그것을 우리는 "부질/ 없는 시여"로 끝나는 「부질없는 시」, "나 없이 쓰네"로 시작되는 「나 없이 쓰기」, "시인도 없고 시도

없고 언어도 없고/ 듣는 이도 없고 말할 것도 없고"의 「시」, "보이는 것은 보이지 않는다/ 왜냐하면 보이지 않는 것이/ 이미 보이기 때문이다"의 「시」, "하루종일 시를 써도/ 시가 아니며"의 「시」 등에서 찾아볼 수 있다.

그러나 언어의 해체에서부터 불교까지 이승훈의 시-쓰기가 변화한다하더라도, 그러한 변화의 중심에는 언제나 '언어의 사유중심주의'가 자리잡고 있으며 그것이 바로 그의 시를 이끌어 가는 역동적인 활력소이자 에너지로서의 언어-이데올로기라고 볼 수 있다.

**이 승 훈** 1942년 춘천 출생. 1963년 《현대문학》으로 등단. 시집으로 『사물A』, 『환상의 다리』, 『당신의 방』, 『너라는 환상』, 『밝은 방』, 『나는 사랑한다』, 『너라는 햇빛』, 『인생』 등이 있으며, 시론집 『시론』, 『비대상』, 『모더니즘 시론』, 『포스트모더니즘 시론』, 『해체시론』, 『한국 현대시론사』, 『한국 모더니즘시사』 등이 있음. 현대문학상, 한국시협상 등 수상. 현재 한양대 국문과 교수로 재직중.

**윤 호 병** 1949년 출생. 육사, 서울대 및 동 대학원 졸업, 뉴욕주립대 스토니 브룩 대학원 수료. 1988년 《현대시사상》을 통해 평론활동 시작. 저서로 『비교문학』, 『문학의 파르마콘』, 『아이콘의 언어』 등이 있으며, 역서로 『포스트모더니즘』, 『현대성의 경험』, 『문학과 철학의 논쟁』 등이 있음. 시와시학상 평론부문 수상. 현재 추계예술대학교 문예창작학과 교수로 재직중.

여름내 어깨순 집어준 목화에서
마디마디 목화꽃이 피어나면
달콤한 목화다래 몰래 따서 먹다가
어머니한테 나는 늘 혼났다
그럴 때면 누나가 눈을 흘겼다
— 겨울에 손 꽁꽁 얼어도 좋으니?
서리 내리는 가을이 성큼 오면
다래가 터지며 목화송이가 열리고
목화송이 따다가 씨아에 넣어 앗으면
하얀 목화솜이 소복소복 쌓인다
솜 활끈 튕기면 피어나는 솜으로
고치를 빚어 물레로 실을 잣는다
뱅그르르 도는 물렛살을 만지려다가
어머니한테 나는 늘 혼났다
그럴 때면 누나가 눈을 흘겼다
— 손 다쳐서 아야 해도 좋으니?

— 「벙어리장갑」 중에서

# 영혼의 순도, 시간의 환도

— 오탁번 시집 『벙어리장갑』, 문학사상사

김용희

시는 내부의 감각과 외부의 감각이 서로 관류하는 그 통과의 지점
이라 할 수 있다. 시인이 자연을 모방하고 세계에 자신을 동화시켜
가는 과정은 자기자신 밖으로 문 열고 나가고자 하는 내적 욕망을
드러낸다. 인간이 자연을 모방하고 그것을 향해 나아가려는 것을
흔히 자궁회귀본능으로 연결지을 수 있지만 근본적으로 그것은 존
재의 극점에 다다르고 싶은 순도에의 지향이라 할 수 있다. 이를테
면 그것은 생명체의 연장선 속에서 인간이 비로소 우주의 한 연민
덩어리로 남게 되는, 혹은 가장 내밀한 자신에게로 돌아가게 되는
그 순간이라 할 수 있다.

오탁번 시인의 이번 시집 『벙어리장갑』은 우리의 삶이 강요하는
조악한 생활의 지난함을 제거하고 남는 영혼의 순도를 드러낸다.
그것은 운명과 싸우는 쟁투의 현장이 아니라 역동적 삶의 진창을
거친 후 비로소 만나게 되는 충만의 세계라 할 수 있다. 어린아이의
천연덕스러움이나 오줌발자랑에 대한 이야기, 작은 엄마와 큰형,
할아버지에 대한 이야기(1부), 해학적 외설(2부)과 나이들어감의
고독에 대한 이야기(3부) 등 이번 시집의 3부작은 그러니까 어린시
절에서 어른이 되고 다시 중년을 넘어가는, 한 시인의 시간적 연대
기라 할 만하다. 그럼에도 동심으로 가득찬 1부가 시집의 중점에 놓
이는 것은 세계의 뉘앙스를 만끽하고 세계와 교섭할 수 있는 가장

순수한 시간, 혹은 그 시간에 대한 의지를 드러내기 위한 것이다. 어린아이의 시선이야말로 생명체를 근원적 친화력으로 감싸는 행위이며, 세계를 직관적으로 인식하는 시인의 시선과 다를 바가 없기 때문이다. 세계와 조응하는 동심은 야생의 환희가 온몸을 관류하게 한다. 즉 우주적 몽상에 참여하게 하는 것이다. 특히 시인이 구사하는 리듬은 시의 밀도와 발언의 생명리듬적 형식을 드러내는 부분이다. 마치 민요의 어조처럼 시인의 음보격은 시의 운율을 형성하고 있다. 민요형식의 전통서정은 민족 내면의 전통서정의 주조를 드러내는 데 기여한다. 시인이 2부에서 드러내는 해학적 외설, 오줌에 대한 이야기 등도 민요 형식이 갖는 생명성에 대한 개성적 반영이라 할 만하다.

생명의 자연스러운 흐름은 다음 시에서 시적 구조와 형식 속에 쟁여져 있다.


여름내 어깨순 집어준 목화에서
마디마디 목화꽃이 피어나면
달콤한 목화다래 몰래 따서 먹다가
어머니한테 나는 늘 혼났다
그럴 때면 누나가 눈을 흘겼다
-겨울에 손 꽁꽁 얼이도 좋으니?
(중략)
서리 내리는 가을이 성큼 오면(중략)
뱅그르르 도는 물렛살을 만지려다가
어머니한테 나는 늘 혼났다
그럴 때면 누나가 눈을 흘겼다

-손 다쳐서 아야 해도 좋으니?

(중략)

까치 설빔 다 적시며 눈싸움한다

동물들은 시린 손을 호호 불지만

내 손은 눈곱만큼도 안 시리다

누나가 뜨개질 한 벙어리장갑에서

어머니의 꾸중과 누나의 눈흘김이

하얀 목화송이로 여태 피어나고

실 잣는 물레도 이냥 돌아가니까

— 「벙어리장갑」 부분

　어머니와 누나가 여름에서 가을을 거쳐 목화에서 딴 솜으로 실을 자아 장갑을 짜준다. 어린 시적 화자가 그것을 방해하려 할 때마다 어머니는 혼을 내고 누나는 눈을 흘긴다. 비로소 완성되는 겨울의 따뜻함, 여성의 그윽한 부드러움, 벙어리 장갑은 할머니 때부터 어머니, 누나로 거쳐오며 누대로 숨쉬는 장독대의 항아리였던 셈이다. 시간이 누적되고 축적된 시간 항아리. 여름에서 가을, 그리고 겨울로 이어지는, 시간이 공간으로 들어앉아 있는 사물인 것이다.

　벙어리장갑은 다섯 손가락이 갈라진 장갑과 달리 네 개의 손가락을 묶어둔다. 그것은 갈라지지 않는 합일과 둥근 원환을 상징한다. 벙어리장갑으로는 꼼꼼하고 복잡한 일을 할 수가 없다. 그것은 말을 하지 못하는 '벙어리'이기 때문이다. 벙어리장갑은 언어를 상납한 인어공주처럼, 저 수많은 벙어리여인처럼 언어를 거세함으로써 복잡성과 갈등의 흔적을 없애버린다. 언어를 지움으로써 환기되는 자족적인 충만의 세계이다.

무엇보다 이 시는 구성이 극적이다. 이를테면 어머니는 철없이 목화다래를 따먹으려는 어린 '나'를 늘 혼내고 누나는 그런 나를 눈을 흘기며 "—해도 좋으니?"라며 똑같이 구박을 한다. 이러한 대응 구조의 반복과 삼단구성의 마지막에서 극적 해방을 맞는 완결구도가 흥미롭다.

그러나 무엇보다 이 시를 살려내는 것은 시적 호흡이 시의 운율을 형성하기 때문이다. "여름내/어깨순/집어준/목화에서//마디마디/목화꽃이/피어나면//달콤한/목화다래/몰래따서/먹다가//어머니한테/나는/늘/혼났다//"에서 보여주는 4음보 율격의 반복이다. 오탁번의 이번 시집에서 대개의 시가 이러한 리듬으로 충일하다. 이것은 여성성의 유기성을 찾아가려는 시인의 생명 충동적 의지와 무관하지 않다. 리듬은 여성적 감정과 관계한다. 리듬은 원시에로의 무의식적 복귀욕망이라 할 수 있다. 천체운행과 그 주기적 순환, 인체의 호흡과 고동은 신비의 리듬 가운데 있으며 생명을 반복한다. 아니 시가 리듬을 지닌다는 점에서 시는 여성적인 것의 총화이다. "— 겨울에/손/꽁꽁/얼어도 좋으니?" "— 손/다쳐서/아야/해도 좋으니?"에서의 운율과 댓구의 반복은 시적 언어가 물리적 실체로 구체화되는 순간이다. 운율 섞인 구어체는 투명한 언어의 흐름을 뒤집어 시적 신비와 소리의 문양을 느끼게 한다. 리듬은 의식 이전의 어떤 것으로 우리의 내면을 움직이게 한다. 의미의 가능성 그 이전에 생명감을 리듬화하는 데서 오는 흥겨움과 즐거움이다.

오탁번의 시를 단순히 생태주의적 여성성 지향의 시라고 규정할 수 없는 것은 그의 시의 리듬과 그 극적 해소 때문이다. 4음보의 구성으로 진행되어가던 시의 진행은 종국에, 시간이 흘러 겨울이 돌아오고 비로소 발현되는 사랑의 결실로 나아간다. 프로이트는 어린

아이의 실패 비유에서 아이가 실패를 던지고 다시 끌어당기는 놀이는 부재하는 어머니를 욕망하기 때문이라고 한다. 그렇다면 결국 말의 반복(아이가 지르는 '아'와 '어'의 반복)처럼 리듬의 반복은 부재하는 어떤 것을 극복해 내려는 언어의 상징화행위이다. 리듬에 의한 부재의 정복, 시인은 안정되면서 정돈된 4음보를 통해 언어의 일반화에 저항하며 정서적 고양을 극대화한다. 이것이 시인이 이룩한 여성 방언이며 공동체적 유대와 공감의 확대라 할 수 있다.

**오 탁 번** 1943년 충북 제천 출생. 고려대 영문학과 및 동 대학원 국문학과 졸업. 1966년 《동아일보》 신춘문예에 시가, 1967년 《대한일보》 신춘문예에 소설이 당선. 시집으로 『아침의 예언』, 『너무 많은 가운데 하나』, 『생각나지 않는 꿈』, 『겨울강』, 『1미터의 사랑』, 『벙어리장갑』 등이 있으며, 소설집으로 『처형의 땅』, 『저녁연가』, 『겨울의 꿈은 날 줄 모른다』 등이 있음. 한국문학작가상, 동서문학상, 정지용문학상 등 수상. 현재 고려대 사범대 국어교육과 교수로 재직중.

**김 용 희** 1992년 《문학과사회》로 등단. 이화여자대학교 국문학과 및 동 대학원 졸업. 저서로 『현대시의 어법과 이미지 연구』, 『기호는 힘이 세다』, 『천국에 가다』, 『천 개의 얼굴』 등이 있음. 현재 평택대학교 국문학과 교수로 재직중.

부연이 알매 보고

어서 오십시오 하거라

천지가 건곤더러

너는 가라 말아라

아침에 해 돋고

저녁에 달 돋는다


내 몸 안에 캄캄한 허공

새파란 별 뜨듯

붉은 꽃봉오리 살풋 열리듯


—「花開」 중에서

# 생명의 시학과 동이(東夷)적 상상력

— 김지하 시집 『花開』, 실천문학사

홍용희

김지하의 새 시집이 간행되었다. 그는 서문에서 "문득 한 기억이 떠올라 옛 노트들을 정리하던 중 약 1백편 정도의 미발표 시고(詩稿)가 한꺼번에 쏟아져 나왔다."고 전언하고 있다. 옛 노트의 어두운 갈피에 묻혀 잠들어 있던 시편들이 "캄캄한 허공" 속에서 "붉은 꽃봉오리 살풋 열리듯"(「花開」) 세상으로 태어난 것이다. 이들 시편들이 창작된 시기는 대부분 7시집 『중심의 괴로움』(1994)이 간행될 무렵이고, 4부의 10여 편은 비교적 근자인 2~3년 전이다. 따라서 이번 시집 『花開』는 『중심의 괴로움』에서 본격적으로 제기된 생명의 신묘한 존재 원리와 진경에 대한 직시, 생태계 파괴의 현실에 대한 개탄의 연속성 속에 놓인다. 특히 4부는 그의 생명 사상이 내면화되고 순치되어 꽃잎처럼 연하고 부드러운 '흰 그늘'의 눈부심으로 펼쳐지고 있다.

주지하듯, 김지하의 문학 세계는 생명가치를 훼손시키는 죽임의 세력에 대한 직접적인 응전과 대립에서 죽임의 세력까지도 순치시켜 포괄해내는 좀 더 근원적이고 본질적인 '살림의 문화 재건'으로 심화, 확대되는 양상을 뚜렷하게 보여준다. 대체로 그의 시집, 『황토』, 『타는 목마름으로』가 전자에 해당하고 『애린』1 · 2, 『별밭을 우러르며』, 『중심의 괴로움』이 후자에 해당한다. 이제, 여기에 『花開』가 간행되면서 그가 지속적으로 탐색해온 신령하고 무궁한 우주 생명에 대한 실체가 좀더 선명하게 시의 몸으로 현현되고 있다. 여기에서 시의 몸으로 현현된다는 것은 그의 시 세계의 주제 의식은 물론 형식미학 자체가 우주 생명의 존재원리에 상응하는 체위를 하고 있다는 점에 대한 강조이다.

이번 시집의 형식 미학의 특징은 우선 대부분의 시편이 짧고 간결하게 전개되면서 성긴 틈의 공간이 열리고 있다는 점이다. 언어의 절제와 생략을 통해 열려진 이 틈은, 우주적 삶의 기운과 독자들의 상상력이 생성하고 소통할 수 있는 창조적 여백으로 작용한다. 이를테면, "감기 들린 작은 놈 콜록 소리/내 가슴에 천둥 치는 소리/손에 끼었던 담배/저절로 떨어지고/춥다/그리고 덥다."(「短詩 셋」)의 경우처럼, 행과 행, 연과 연의 전이의 마디절이 응축적으로 생략되면서 창조적 여백이 생성된다. 이 때 여백은 각각의 시행의 독자적인 의미 생성의 장을 제공해 주면서 동시에 이들 시행의 상호 연결의 의미망을 형성시킨다. 그러나 이 때의 의미망은 각 행의 독자성을 또한 해치지 않는다. 다시 말해, 1행으로 인해 2행의 현상이 나타난 것으로 해석되기도 하면서 또한 1, 2행은 서로 무연한 독자성을 지니기도 한다. 그리하여 3, 4행의 현상은 1, 2행의 상황의 결과일 뿐만 아니라 이를 감싸고 있는 또다른 외부의 정황과 연관되는 심미적 감응의 통로를 열어 놓는다. 4행의 "춥다/그리고 덥다"의 규정할 수 없는 몸의 반응은 규정할 수 없는 외부 정황의 무한한 영역과 연관된다. 그리하여 짧은 이 시편에는 가없는 시적 정황의 우주적 지평이 수렴되고 확장되고 있다. 이것은 마치 작은 개체 생명이 안으로 닫혀 있으면서도 밖으로 열리어 무궁한 우주 생명의 깊은 질서를 깊이 호흡하고 공명하는 이치와 유사하다. "내 마음과/몸 안에" 해와 달이 모두 있다(「신새벽」)는 시적 인식이 형식 미학을 통해서도 구현되고 있는 것이다.

또한 그의 이번 시집 전반에는 '흰 그늘'의 미학이 표나게 드러나고 있다. '그늘'이란 판소리의 용어로서 곡절 많은 신산고초의 삶과 연관된다면, '흰'은 "우주 리듬의 독특한 용(用) 즉 신명성의" 충만과 연관된다. 따라서 '흰 그늘'이란 고통스런 삶의 과정이 생명의 고양된 충일로 몸바꿈을 하는 역설적 균형상태를 가리킨다. 이것은 '그늘'의 어둠이 어둠에 그치지 않고 이를 초극하는 '흰' 빛을 생성시키는 배력으로 작용하고 있는 것이다. 이러한 정황은 이를테면, 그가 "내 고통/긴 기다림이 있다//기다림이 꽃으로 바뀌는 소리/들린다"(「변환」)라고 노래하는 역동적인 생성의 원리와 연관된다.

한편, 여기에서 우리가 가장 주목할 부분은 바로 "내 고통", 즉 '그늘'의 지층이 시인 개인의 내적 체험의 범주를 넘어서서 민족적인 범주의 심연과 닿아 있다는 점이다. 그의 시적 역동성의 힘이 동이족의 상상력에 뿌리를 두고 있었던 것이다. 특히 이번 시집에서는 "검은 봉우리//신내려/떨림//아아 伽倻여 伽倻여//망한 옛/東夷의 아득아득한/솟대여"(「伽倻의 산들」)라고 부르는 탄식과 "너의 이름은/夷史,/잃어버린 東夷族의/아득한 넋/내/마지막 삶의/밑둥이여"(「玄風을 지나며」)라는 노래가 전면에 울려 퍼진다. 따라서 그가 "신령이 와/말을 건다//아,/이제야/왔다//그러매 이젠/몸 안에 있는 눈들도/모두 열려라"(「八顯四隱」)라고 할 때, "몸 안에 있는 눈"은 바로 "東夷族의/아득한 넋"의 "눈"을 가리킨다.

여기에 이르면, 그의 우주 생명의 신성성을 노래하는 시편들이 이토록 깊고 웅혼한 울림과 "캄캄한 허공"의 쓸쓸함 속에서도 "붉은 꽃봉오리 살풋 열리"(「花開」)는 환희의 빛을 건져올리는 역동성을 지닐 수 있었던 배경을 어느 정도 짐작할 수 있게 된다. 그의 시적 상상력은 저 유구한 동이족의 역사의 지층에서 솟아오른 것이었기 때문이다. 이제 우리의 시선은 그의 동이족의 상상력이 오늘날 병든 세계의 어둠을 치유하는 살림의 문화로 기운생동해 나갈 모습으로 향하게 된다. 이 지점은 그의 시 세계의 '흰 그늘'의 눈부심이 세계사적 지평으로 확산되는 자리이기도 하다.

**김 지 하** 1941년 전남 목포 출생. 서울대 미학과 졸업. 1968년《시인》을 통해 작품활동 시작. 시집으로『황토』,『타는 목마름으로』,『애린』,『별밭을 우러르며』,『이 가문 날의 비구름』,『중심의 괴로움』,『화개』 등이 있으며, 산문집으로『밥』,『남녘땅 뱃노래』,『사상기행』,『예감에 가득찬 숲 그늘』,『옛 가야에서 보내는 편지』 등이 있음.

**홍 용 희** 1966년 경북 안동 출생. 1995년《중앙일보》신춘문예로 등단. 저서로『김지하 문학연구』,『꽃과 어둠의 산조』 등이 있음. 현재 경희사이버대학 미디어문예창작과 교수로 재직중.

바다의 아코디언

김명인 시집

문학과지성사

노래라면 내가 부를 차례라도
너조차 순서를 기다리지 않는다.
다리 절며 혼자 부안 격포로 돌 때
갈매기 울음으로 친다면 수수억 톤
파도 소릴 긁어대던 아코디언이
갯벌 위에 떨어져 있다.
파도는 몇 겹쯤 건반에 얹히더라도
지치거나 병들거나 늙는 법이 없어서
소리로 파이는 시간의 헛된 주름만 수시로
저의 生滅을 거듭할 뿐.
접혔다 펼쳐지는 한순간이라면 이미
한생애의 내력일 것이니,
추억과 고집 중 어느 것으로
저 영원을 다 켜댈 수 있겠느냐.

— 「바다의 아코디언」 중에서

# 시간의 주름 응시
— 김명인 시집 『바다의 아코디언』, 문학과지성사

오형엽

김명인의 일곱번째 시집 『바다의 아코디언』이 우리에게 보여주는 것은 어떤 풍경이다. 풍경이란 무엇인가? 가라타니 고진 식으로 말하면, 풍경이란 내면의 의식이 자신을 정립하자마자 그 외부에 펼쳐지는 것. 그것은 대상의 차원으로 객체화될 위험을 지니고 있지만, 김명인의 시에서 풍경은 시인의 내면 의식과 긴밀히 상호 침투하면서 여러 겹으로 중첩된 낯선 이미지로 전이된다. 마음과 풍경이 몸에 새겨진 기억의 굴곡을 따라 만나서 여울처럼 소용돌이치며 공명하는 것이 김명인의 시이다. 따라서 김명인 시의 풍경에는 마음의 미세한 결이 묻어 있으며, 그 이면에는 무수한 시간과 공간의 흐름이 숨겨져 있다.

시인은 낚시를 물고 올라온 열대어를 보며 물고기들의 고달픈 접영과 몇 만리 유목의 흐름을 떠올리고(「버터플라이」), 여름 한낮 밥집 마당에 보랏빛으로 피어난 달리아 꽃을 보며 천축 저 너머 놀아갈 고향 길이 갑자기 환해진다고 말한다(「달리아」). 이 유목과 귀향의 여정은 바로 시인의 생애이며, 인간 존재의 실존이다. 그리고 시인은 "나를 기다리는 우연 하나/이미 지나쳤으니/네가 와서 들추면 지워진 자취,"(「비밀」)에서처럼, 이 고달픈 생의 행로가 우연인지 필연인지 끊임없이 질문한다. 김명인은 몸의 기억을 통해 풍경과 마음이 여러 겹으로 만나는 지점에서 현실과 피안, 시간과 영원, 우연과 필연 사이의 흔들림을 포착하는 것이다. 이 흔들림이 김명인 시의 음색에 진폭을 주고 두께를 부여하여 독자들이 공명하는 정서적 감염력을 낳는다. 김명인 시에서 현실과 피안, 시간과 영원, 우연과 필연 사이의 흔들림은 '정착과 유랑 사이의 긴장과 극복'이라는 시적 주제로 수렴된다.

"한때 질풍노도가 내 삶의/열망이었던 적이 있다."로 시작되는 「파도」는 이번 시집의 위상을 압축하여 보여준다. 갈기 휘날리며 달려오는 파도를 보며 제자리를 지키는 자신의 모습에 부끄러움을 느끼는 시인은, 핏빛 노을 아래 흥건한 거품으로 가라앉는 허무적 운명의 자리에 서있다. 질풍노도처럼 유랑하며 끝없는 모험의 정신으로 불타던 김명인은 이제 정착과 머묾의 자리에서 외로움과 공허감을 견디며 생애를 조망하는 실존적 사색을 전개하는 것이다. 그리하여 이번 시집은 시인이 현실의 자리로 내려와 일상적 삶의 모습에 착목하면서 회한 어린 사색의 목소리를 들려준다. 이전 시에 드물었던 쉼표, 마침표, 물음표 등의 구두점이 자주 발견되는 것도 이와 관련될 것이다.

김명인이 보여주는 실존적 사색의 중심에는 시간이 놓여 있다. 접혔다 펼쳐지는 아코디언처럼, 뻘 밭 위에 무수한 겹주름을 남기는 파도처럼, 시간의 흐름은 생멸을 거듭하며 주름을 남긴다. 이번 시집의 전체적 주조는 "소리로 파이는 시간의 헛된 주름"(「바다의 아코디언」)에 나타나듯, 영원에 도달할 수 없는 이 시간의 유한성을 확인하는 차원에서 어둡고 쓸쓸한 내면 의식을 드러내고 있다. 그러나 한 순간에 한 생애를 관통하며 그 비밀을 포착하는 시적 통찰은 몸의 기억이 낳은 시간의 주름을 발견하는 데서 가능해진다. 이 통찰로 인하여 시인은 새로운 유랑과 모험의 여정을 기약할 수 있게 된다.

**김 명 인** 1946년 경북 울진 출생. 고려대 국문학과 졸업. 1973년 《중앙일보》 신춘문예로 등단. 시집으로 『동두천』, 『머나먼 곳 스와니』, 『물 건너는 사람』, 『푸른 강아지와 놀다』, 『바닷가의 장례』, 『길의 침묵』, 『바다의 아코디언』 등이 있음. 현재 고려대 문예창작학과 교수로 재직중.

**오 형 엽** 1965년 부산 출생. 1994년 《현대시》 신인상 수상. 1996년 《서울신문》 신춘문예로 등단. 비평집으로 『신체와 문체』 등이 있음. 수원대학교 국문과 겸임교수.

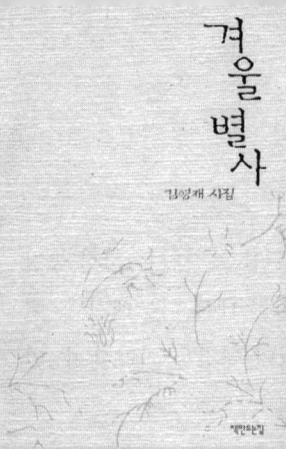

김영재

너 대신 흔들리기 위해 거친 땅에 뿌릴 박는다

줄기는 곧게 서서 사람의 키를 훨씬 넘고

널 위해 준비한 흔들림으로 갈대는 언덕에 섰다

 (중략)

꺾이고 흔들리는 것이 어디 갈대뿐이냐고

젖은 땅 습지 곁에서 너는 위로하고 있지만

갈대는 더 젖기 위해 늪으로 가고 있었다

　　　　　　　　　—「갈대」 중에서

# 맑고 깊은 어둠, 그 고독의 사랑이여

— 김영재 시집 『겨울별사』, 책만드는집

이 지 엽

문학을 포함한 모든 예술적 행위의 영원한 테마는 무엇일까? 오늘날의 시인들은 무엇을 쓰며 어떤 사유를 하고 있는 것일까? 태어남과 살아 있다는 것과 죽어가는 일 사이에서 무엇이 이들에게 쓰게 만들며 고민하게 하는가. 삶과 죽음 사이에 놓인 생 가운데 아마 가장 절실하게 다가오는 자각이 있다면 살아있다는 것일 것이고 그 살아있다는 존재의 확인은 사람마다 다르긴 해도 사랑이 아니겠는가. 사랑은 그러나 홀로 오는 법이 없어서 아픔과 환희를 동시에 동반한다. 시인은 고민을 하고 그 고민이 시를 낳고 시는 또 고민을 낳으리라.

김영재 시인의 사랑의 빛깔은 어떠한가. 누가, 무엇이 그에게 사랑을 노래하게 하는가.

「겨울 별사」에서 보듯 시인이 희원하는 사랑은 '겨울산의 속살'이다. 미지근한 사랑이 아니라 희고 차가운 사랑이다. '눈 내린 시간을 지키는 등불'의 사랑이다. 어둠으로 캄캄하게 마주하는 사랑이 아니라 무언가를 기다리며 자신을 밝히는 등불의 사랑이다. '강물을 가로질러 날아오르는 철새'의 사랑이다. 수만리를 날아와서 잠시 앉았다 가는 사랑이다. 이처럼 허망한 일이 어디에 있을까. 수없는 기다림으로 견디어온 사랑 앞에 시인은 어떠한 말도 하지 못

한다. '내 그대를 사랑하므로 나의 사랑을 받아달라' 고 하지도 못한
다. 오로지 '칼바람 날개로 버티는 사랑' 의 자세를 보여줄 뿐이다.
아픔으로 견디는 사랑이요, 고통을 건너는 사랑이다. 이 지고지순
한 사랑은 어디서 오는 것일까? '가물어서 여위어 가는 섬진강을
따라가면/살아서 속삭이는 나직한 목소리들' 에도 있고 그 '강 언덕
먼발치에서 산수유 피는 소리' (「겨울 섬진강」)로부터 오기도 하고
'섬진강, 그 가난한 마을 속 밤기차' 와 '마지막 버스' 와 그것을 기
다리는 '어머니' (「추석 전야, 어머니」)로부터 오기도 한다.

　김영재 시인의 사랑은 「추석전야, 어머니」를 통해 보듯 우선 그것
은 '가난' 으로부터 길들여진 사랑이다. '마지막 버스' 를 타고 귀가
하는 사람들에겐 늘 삶의 파도는 높은 법이다. 막차를 놓치고 삼사
십 리는 일도 아니게 걸어서 귀가하는 사람들에겐 삶의 아픔은 이
미 아픔이 아니다. 그 설움을 시인은 애써 끌고 다녔다. 그만 끝장
을 내고 싶은데 그것을 애지중지 안고 여기까지 온 것이다. 그래서
시인에게 친숙한 것은 오히려 '막막함' 이거나, '외로움' 이다. 작품
「절벽」에서는 '우리 앞을 가로막는 절벽은 있어야겠다' 라고 시인은
얘기하면서 '사정 없이 후려치는 바람에게 뺨 맞고 쓰러져 기댈 수
있는 막막함 있어야겠다' 라고 말한다. 건너 뛰어 넘는 대상으로서
의 '절벽' 이 아니라 기대는 '막막함' 으로서의 '절벽' 을 얘기하고
있는 것이다. 어쩐지 눈물겹지 않은가. 이 시인에게는 그러므로 '은
행잎 제 무게 못 이겨 지고 있는 가을 깊은 밤' 에 외로움마저도 위
안이 되지 못하고 있는 것이다.(「가을 깊은 밤」)

　「물푸레나무 사랑」 역시 시인의 사랑이 분출되지 못하고 시인의
가슴으로 '파랗게 배어' 들고 있는 아름다운 시다. 헤어짐은 그리움
으로 남기 마련이지만 비가 내리듯, 강물이 흐르듯 사랑은 시인의

손끝에 만져진다. 어찌 손뿐이랴. 마음도 그러하며 마침내 몸 전체
가 서럽게 물푸레나무 한 그루가 되어 비를 맞고 있는 것이다. 그가
울고 있는 속울음은 빗소리에 젖어 그대로 하나의 풍경이 되고 있
다. 그러고 보니 비도 울고 강도 울고 시인도 울고 물푸레나무도 울
고 있다. 나직하게 울고 있는 한 폭의 풍경화. 그러나 얼마나 조용
한가. 얼마나 평화로운가. 그러나 이 조용함과 평안함에 쉽게 들키
지 않으려는 시인의 힘과 정신이 들어 있다.
. 자아 밖의 세계에 대한 사랑이 조용함과 평안함으로 귀결되는 데
에는 시인의 견디기 방식이 남다르다는 점에 있다. 폭발해버릴 것
같은 뜨거움이 감지되는 데도 그 지점 바로 직전에 자신을 거두어
들인다. 자기 통제나 자기 수면일 터인데 그것은 지극히 맑고 투명
하다.

사랑을 버리고 싶다
버릴 사랑
어디 있느냐


백담사
구비 오름길
어둠이
참 맑다


스님은
혼자 서 있고
산은

여럿 모여 산다

—「참 맑은 어둠」 전문

'사랑을 버리고 싶다'고 시인은 말한다. 왜 버리고 싶지 않겠는가. 시인은 사랑을 끊임없이 갈구했지만 얻지 못했기 때문이다. 아니 사랑은 어느 순간 다가왔지만 그냥 놓아 보낸 것이리라. 그러나 시인은 자신을 낮춘다. '버릴 사랑 어디 있느냐'고 말한다. 이 말은 중의적으로 해석된다. 그 하나는 아예 마음의 본 바탕에 사랑 같은 것이 없었으니 버릴 사랑이 없다는 뜻이다. 사랑이 없다니! 그렇게 시인을 괴롭혀 오고 기다리게 하고 견디게 한 것이 '사랑'이었는데 그 '사랑'이 없다니. 그러나 돌아서서 생각해보면 누구를 사랑한다는 것은 부지불식간에 그 사랑의 실체는 아득히 사라지고 막연한 그리움의 안개나 허명을 좇는 일이 아니었던가. 사랑이라는 말은 이미 내뱉으면 그 신비감이 사라지지 않던가. 그렇게 절대적으로 사랑했다고 믿었던 대상도 어느 순간 다 사라지고 비어있지 않던가. 아마 시인은 그렇게 생각했는지도 모를 일이다.

또 다른 하나의 의미는 사랑은 있으되 간직해야 하므로 놓아 보낼 수 없다는 뜻이다. 사랑은 적어도 버려져야할 만큼 가치 없는 것은 절대로 아니라는 것이다. 버려지는 사랑은 사랑이 이미 아니라는 것이다.

이 중의적 의미는 이 작품의 묘미에 기여하고 있다. 깊이 있는 울림을 동반하고 있다. 그 여진은 그대로 다음 행으로 연결된다. 백담사 구비 오름길에서 시인은 어둠을 만난다. 그런데 그 어둠을 맑다고 얘기한다. '참 맑은 어둠'이라고 말한다. 백담사로 오르는 길은

'백담'이 암시하듯 고운 물줄기가 잠시 쉬어가는 물웅덩이가 많다. 그 물의 흐름과 고임이 어둠 속에서도 또렷하게 드러난다. '참 맑은 어둠'일 수 있다. 그러나 그 뿐일까.

그러나 앞의 얘기와 연결해보면 이 작품의 심층적 묘미가 희부윰 하게 잡혀져 온다. 사랑이 있는 줄 알았는데 그것이 사랑이 아니라면 얼마나 마음이 허전하랴. 그러나 자연은 어둠 속에서도 맑음을 간직하고 있는 것이다. 비어서 고요한 마음 위에 그 맑음이 조용히 내려앉는다. 허전함을 다 메워줄 정도로 그 맑음은 오히려 평안한 마음을 불러오는 것이다. 그러나 그것이 아니고, 시인이 아무리 하찮다 하더라도 자신의 사랑을 애써 껴안고 있는 것이라면 그 또한 어둠 속에서 적이 위안을 받지 않으랴. 왜냐하면 어둠도 맑음을 그렇게 애써 지키고 있기 때문이니 말이다. 어둠도 그러하듯 자신의 사랑도 사랑 아닌 미움까지 애써 지키고 있기 때문이다.

시인의 시선은 스님과 산으로 시선을 옮긴다. '스님은/혼자 서 있고/산은/여럿 모여 산다'고 말한다. 언뜻 생각하기에 '스님은 여럿 모여 살고 산은 혼자 서 있다'라고 할 법한데 시인은 바꾸어서 말하고 있다. 암자라면 몰라도 절에는 아무리 작은 절이라도 스님이 여럿 있기 마련 아닌가. 그리고 어느 산이더라도 산의 명칭이 하나이듯 산은 홀로 서야 제 맛이 난다고 생각해오지 않았던가.

그러나 이렇게 생각히는 우리의 관념은 얼마나 잘못되어 있는가. 스님은 여럿 있어도 늘 혼자다. 각자가 자기 마음의 정처를 지니고 용맹정진하기 때문이다. 스님은 각자의 마음속에 다 각자의 산 하나씩을 지니고 산다. 그러나 산은 홀로 서 있는 것처럼 보이지만 홀로 있는 산은 거의 없다. 작은 봉우리와 봉우리가 연결되어 굽이굽이 흘러내린다. 작은 봉우리는 무슨무슨 산이라고 명명하지만 않았을 뿐이지 그 역시 산이지 않던가.

사랑이 나에게 본시 없다하더라도, 아니 나에게 사랑이 있되 그 못난 사랑이라도 떠나보내지 못하고 걸어가는 산길. 백담은 어둠 속에서도 맑음을 안고 저리 깊네. 이렇듯 자연은 극과 극이 통하여 한 몸인데 외로운 것은 늘 사람의 일. 스님은 우두망찰 혼자서 마음 속의 산을 세우는데 산은 굽이굽이 그 외로움을 둘러싸고 있네. 나도 그 외로움에 깊어져서 산이 되네. 옹기종기 산들이 모여 외로워도 외로워하지 않고, 내 정신 어둠 속을 헤매어도 그 둘레 맑은 빛이 이네. 아마 이 정도의 뜻을 담고 있는 것은 아닐까.

그러나 따지고 보면 시인 역시 사람이다. 모든 것을 초탈하기가 어렵다. 사랑도 사람의 일이고 보면 사랑이 많은 시인들에 의해 왜 중심 테마가 되어왔는지를 쉽게 가늠할 수 있게 된다. 세계에 대한 사랑이 없는 시는 시가 아니다, 라고 말할 수 있는 것도 그것이 증오든 분노든 편애든 모두가 사랑을 전제로 한 것이기 때문이다. 그 사랑은 때로 목숨을 위협하기도 하는데 그에 대한 절창의 시 한 편을 여기서 만난다.

단풍도 처음에는 연초록 잎새였다

너와 나

사랑으로 뒹굴고 엉클어질 무렵

목이 타

붉게 자지러져

숨이, 탁!

끊긴다

—「단풍」 전문

　목이 타서 그냥 숨이, 탁! 막힐 것 같은 시다. 모든 것은 처음에는
미약하기 마련이다. 사랑도 역시 그러하다. 그러나 사랑에 눈이 멀
면 목숨도 국경도 초월하기 마련인 법. 시인은 단풍나무를 통해 이
를 극적으로 승화시키고 있다. 이 시조는 동시에 단시조가 가지고
있는 극적 구성을 극대화하고 있음이 주목된다. 초장은 한 줄, 중장
은 두 줄, 종장은 네 줄로 되어 있다. 그러나 줄 수와는 역으로 시간
의 흐름은 나중으로 갈수록 촉급해진다. 다시 말해 초장의 '연초록
잎새'는 동면에서 깨어나는 '봄', 중장의 '사랑으로 뒹굴고 엉클어
질 무렵'은 여름, 종장은 가장 순간적이면서도 일시에 깊어 가는 가
을이다. 봄은 밋밋하게 흘러지나간다. 그러니 한 줄로 족하리라. 중
장은 두 줄로 처리했는데 이채롭게 호흡을 첫 걸음 다음에서 끊었
다. 그러나 보통의 경우처럼 '너와 나 사랑으로 /뒹굴고 엉클어질
무렵'으로 했다고 치자. '너와 나'의 주체적 의미가 훨씬 반감된다.
시인은 주체적 존재로서 '나' 뿐만이 아니고 '너'를 포함한 우리를
강조하고 있는 것으로 해석된다.
　시인이 가장 비중을 둔 곳은 물론 종장의 네 줄이다. 그런데 가장
순간적인 것을 초, 중장보다 더 많은 네 줄로 처리하고 있음에 우리
는 주목하지 않을 수 없다. 네 줄의 각각은 함축적인 의미를 내포하

고 있다. '목이 타'는 갈증은 갈증대로, '붉게 자지러'지는 단풍 본래의 특성은 특성대로 사랑의 아픔과 회열을 나타내고 있다. '숨이, 탁!'은 절정에 다다른 모습이고 '끊긴다'는 죽음에 온전히 이르는 사랑의 마지막 모습을 극명하게 보여준다. 이 각각의 독립적 의미 때문에 시인은 네 줄로 한 것이다. 그런데 정작 이 네 줄은 독립성을 지니면서도 빠르게 읽힌다. 순간적인 시간의 흐름을 예리하게 잡아내고 있기 때문이다. 한 줄인데도 완만하게 읽히는가 하면, 네 줄인데도 촉급한 호흡을 유도함으로써 시적 긴장을 극대화하고 있다. 단시조의 미학을 치밀한 구성과 내용의 전개를 통해 유감없이 보여주고 있는 아름다운 작품이다.

시인의 사랑은 수없는 기다림으로 견디어온 사랑이다. 사랑한다 말하지 못하고 오로지 '칼바람 날개로 버티는 사랑'의 자세를 보여줄 뿐이다. 아픔으로 견디는 사랑이요, 고통을 건너는 사랑이다.

또 시인의 사랑은 참 맑은 어둠과 같은 사랑이다. 산이 산과 어울려 살아가듯, 어둠이 맑은 빛을 품듯 시인이 정신이 어둠 속을 헤매어도 그 둘레 맑은 빛이 이는 사랑이다.

그러니 주위 환경과는 전혀 상관없이 진흙 속에 몸을 두고서도 아름다운 웃음을 선사하는 연꽃의 사랑이다. 고통과 좌절과 외로움과 기다림의 연속이더라도 오히려 생의 찬란한 환희로 바꾸어 놓는 긍정적 사랑이다.

때로는 목이 타서 그냥 숨이, 탁! 막힐 것 같은 죽음에까지 미친 척 달려가는 사랑이다. 죽음의 사랑이다. 이타 속에 들어가 온전히 하나가 되는 사랑이다. 죽음을 통과한 사랑은 '억식이'처럼 바닥을 아는, 바닥의 아픔을 공유하는 몸 낮춤으로부터 다시 탄생한다. 이

두 개의 문을 시인은 자유자재로 드나든다. 그러므로 시인에게 사랑은 있되 영원히 잡지 못할 이데아일지도 모른다. 그렇다하더라도 결코 그는 절망하지 않으리라. 부재의 허무를 이미 견디는 법을 알고 있으므로. 오히려 그 사랑의 부재가 그에게 사랑을 불러오고, 사랑 아닌 것도 사랑으로 변환시키는 힘을 지니게 하지 않겠는가. 영원하라. 고독하더라도 아름다운 시인이여, 사랑이여.

**김 영 재** 전남 승주 출생. 1974년 《현대시학》으로 등단. 시집으로 『참나무는 내게 숯이 되라네』, 『다시 월산리에서』, 『사랑이 사람에게』, 『절망하지 않기 위해 자살한 사내를 생각한다』, 『화엄동백』 등이 있음. 중앙시조대상 등 수상.

**이 지 엽** 전남 해남 출생. 1982년 《한국문학》 및 1984년 《경향신문》 신춘문예로 등단. 시집 『다섯 계단의 어둠』, 『샤갈의 마을』, 시조집 『떠도는 삼각형』, 『해남에서 온 편지』 등이 있음. 현재 경기대 교수로 재직중.

노을 속의 아이들이
세발 자전거를 타고 있네.
바다를 건너는 자전거 바퀴살에
해일처럼 걸리는 노을.
날개를 떼어버린 천사들처럼
은빛 斷崖를 내려와
저녁의 남은 빛에
젖은 몸을 말리고 있네.
  (중략)
검은 얼굴의 아이들이
어둠의 페달을 밟을 때마다
파르르 떠는 나의 별들,
별빛 녹아 흐르니
하늘이 온통
퉁퉁 부은 것 같다.


―「노을 속의 아이들」 중에서

# 흔들린 자의 시혼

— 한기팔 시집 『말과 침묵 사이』, 모아드림

전 기 철

우리의 영혼이 흔들릴 때 시와 만난다. 안정되고 편안하게 살고 있을 때에는 시적 영혼은 우리의 곁에 가까이 오지 않는다. 다시 말하면 우리의 영혼이 어떤 식으로든지 불안정할 때 시혼이 활동한다. 이는 무당이 신을 맞이할 때 엑스터시 상태에 빠지는 것과 다르지 않다. 그때 무당은 온몸을 떨거나 불안정에 빠진다. 이러한 엑스터시 상태는 신을 모시기 위해 그의 몸과 혼이 신이 올 길을 내는 데에서 기인한다. 시인의 경우에 있어서도 마찬가지이다. 시인이 시를 만날 때도 이러한 흔들림을 통해서이다. 무당이 몸을 떨면서 엑스터시 상태에 빠지는 것처럼 그는 자아의 시적 영혼을 만날 때 흔들리게 된다. 흔들릴 때에 시인은 감각이 예민해져서 시를 만나게 된다. 세상의 작고 오묘한 부분이 그 때에야 보이기 때문이다. 따라서 시인은 결코 편안하게 인생을 즐길 수 없는 자이며 객관적으로 세계를 바라볼 수 없는 불행한 자이다. 그는 온몸으로 세계를 끌어안은 채 몸부림치는 저주받은 자이다. 왜냐하면 그는 어디에도 속하지 않기 때문이다.

한기팔 시인도 어디에도 끼이지 못하는 흔들림을 『말과 침묵 사이』라는 시집에서 보여주고 있다. 시인은 유독 흔들리는 생을 느끼며 뿌리를 박고 있는 안정된 나무가 되고 싶어한다. 그러나 그는 나무에서조차 흔들림을 느끼고 만다.

나는 다만
그대에게 가 닿는
만 개의 바람일 뿐이다

—「나무」 마지막 연

　이러한 흔들림은 겉으로는 그의 나이, 병듦, 직장, 죽음의식 등에
서 온다. 갑자기 찾아온 인생의 기로에서 그는 흔들리고 있다. 그
흔들리는 생을 안정시키기 위해서 그는 산사를 찾기도 하고 숲이나
고향을 찾기도 하지만 그 어디에서도 안정감을 갖지 못한 채 더욱
더 흔들리고 만다. 그는 혼자이다. 이 고독감에 휩싸인 상태에서 세
상을 바라보니 세상은 바람이다. 따라서 그는 바람 속에서 자아를
발견하고 바람 속에서 삶을 발견하게 된다. 시인으로서 그는 '바람
으로 크는 영혼'(「돌」)이다. '황홀한 흔들림'(「그 꽃진 자리」)으로
표현되는 이 흔들림은 시인의 시적 엑스터시를 형성하여 자아와 세
계를 한 몸이 되게 한다. 이 때부터 시인은 바람이 되어 흔들림을
감지하는 영혼을 갖는다. 바람이 된 영혼은 무엇보다도 허공에서
소리를 듣는다.

바람이 귀를 세우는
모든 소리의 중심에
나는 있다.

—「山雨吟1」 4연

　무당의 징소리처럼 이 소리는 허공 속에서 태어나고 허공을 발견
하는 통로이며 혼 자체이다. 그리하여 그는 목탁소리, 창문 여닫는

소리, 얼음장 깨지는 소리, 풀잎소리를 느끼며, 심지어 '정적이 흐르는 소리' (「차를 마시며」)까지도 감지하게 된다. 그리고 마침내 시인은 허공에 '영혼의 집' (「흐린 창에 기대어」)을 짓고 싶어한다.

이렇게 흔들림 속에서 시적 자아를 발견하기 때문에 한기팔 시인은 리듬에 절대적으로 기댈 수밖에 없다. 리듬을 중시하고 있는 것은 그가 흔들림 속에서 혼을 찾는 시인이기 때문이다.

**한 기 팔** 1937년 제주도 서귀포 출생. 1975년 《심상》으로 등단. 시집으로 『서귀포』, 『불을 지피며』, 『마라도』, 『풀잎소리 서러운 날』, 『바람의 초상』, 『말과 침묵 사이』 등이 있음.

**전 기 철** 전남 장흥 출생. 1988년 《계간문예》로 평론 활동 시작. 저서로 『민족문학과 비평정신』, 『한국근대문학 비평의 기능』 등이 있으며, 시집으로 『나비의 침묵』 등이 있음. 현재 숭의여대 교수로 재직중.

숨진 새 한 마리 땅에 묻다
막사발 하나를 캐냈다
이 빠지고 금이 간 막사발
시간의 빛살이 어른거린다
어느 먼 사람이 나를 찾아온 것일까
막걸리 한 잔을 따라 건넸다
가을 햇살처럼 혀끝이 아리게 떨리는
세월의 감촉
잠든 바람 깨워 노래나 한 자락
불러볼까


—「막사발·왕촌일기」중에서

# 왕촌, 그 집과 길의 노래
— 이명수 시집 『왕촌일기』, 문학사상사

이 재 복


이명수의 『왕촌일기』는 막사발 같다. 그것도 이 빠지고 금이 간 그런 막사발 같다. 그래서 그의 시에는 흙냄새와 세월의 감촉이 묻어 있다. 이 질감은 우리가 점점 잃어가는 어떤 것이다. 특히 젊은 세대에게 이 질감은 실체적인 감각 너머에 있다. 하루가 다르게 흙으로부터 벗어나 전자광속의 세계 속으로 더 깊숙이 침잠하는 세대들에게 이 질감은 몸으로 느낄 수 없는 감각이다. 하지만 시인에게 이것은 몸의 감각으로 남아 있는 결코 지워지지 않는 흔적이다.

시인은 이순을 바라보고 있다. 그 연배니까 이런 질감을 가질 수 있는 것이다. 이것을 세대론이라고 해야 하리라. 다소 도그마적이지만 세대론적인 시각을 무시할 수 없을 것이다. 우리 시단에 이 연배의 시인들은 많이 있으며 이들은 크든 작든 이 질감을 감각적으로 체득하고 있다고 할 수 있다. 이것은 알게 모르게 이 연배의 시인들이 이러한 질감이 살아 있는 세계(흙의 세계)로의 회귀욕망을 가지고 있다는 것을 말해준다. 하지만 이 욕망을 실천에 옮기는 일이 어디 쉬운 일인가. 쉽지 않기에 시인의 『왕촌일기』는 주목에 값한다.

시인의 왕촌으로의 길 떠남은 여러 이유가 있으리라. 시인은 그것을 시속에서 구체적으로 말하지 않은 채 슬쩍 흘린다. "별 볼 일 없는 서울을 떠나/별을 보러 왕촌에 왔다(「별 하나 · 왕촌일기」), 캄캄한 시골 밤이라야 잘 보인다고/그래서 왕촌에 갔다." (「유성우 · 왕촌일기」)의 형식이 그것이다. 이유같지 않은 이유로 보일 수 있지만 여기에는 시인의 서울과 왕촌에 대한 인식이 숨어 있다. 시인이 보고자 하는 별, 왕촌에서만 제대로 보이는 별이란 시인이 지향하는 삶의 궁극(이상)이 왕촌에 있다는 메타포로 읽을 수 있으리라. 시인이 말하는 "별 볼 일 없는 서울"에서의 삶이란 어떤 삶인가? 이 물음에 대한 답은 「텅빈 · 왕촌일기」에 있다. "빈집 하나 얻어놓고 비워둔 채/철이 바뀌었다/철모르고 살았구나/빈집에 돌아와 한동안/텅 비어 살아보자/저 텅 빈 것을 잘 보라/텅 빈 방처럼 나를 비워두어야/누군가 찾아오지 않겠나"에 드러난 서울에서의 삶이란 "텅 비어 살아보"지 못한, "철모르고 산" 삶이다.

이런 맥락에서 보면 시인이 왕촌에 온 이유가 "빈 방처럼 나를 비워두"기 위해서라고 할 수 있을 것이다. 시인이 서울을 떠나지 못한 것은 욕망을 비우지 못했기 때문이다. 따라서 왕촌으로의 떠남은 그것을 비우기 위한 시인의 의지의 표명이다. 왕촌에서의 시인의 삶은 내적인 풍요로움으로 이어진다. 시인은 달과 홀아비바람꽃의 목숨에 가슴 저려하기도 하고, 막사발 속에서 세월의 감촉도 느끼며, 텅빈 것만이 빛이 되고 소리가 된다는 사실을 깨닫기도 한다. 어디 그뿐인가. 꿈속에서 극락조인 가릉빈가도 보고, 캄캄한 밤에 더욱 빛나는 별들의 현란한 영혼의 세례도 체험하며, 마지막이 아름다운 것들만이 아름다울 수 있다는 깨달음을 얻기도 한다.

시인의 왕촌에서의 이러한 비움과 채움은 걷기를 통해서 이루어진다. 걷기에 익숙하다는 것은 내적인 풍요로움을 체험할 수 있다는 것을 의미한다. 느리게 걷는 자만이 세상의 숨겨진 의미와 만날 수 있고 또 그것을 즐길 수 있는 것이다. 『왕촌일기』는 이런 점에서 시인의 내적인 반성의 문맥을 거느리고 있다고 할 수 있다. 시인의 내적인 반성이 의미를 더하는 것은 그가 왕촌에 정주하는 것이 아니라 다시 서울(도시)로 돌아올 수밖에 없다는 사실에 있다. 시인이 정주해야할 공간은 왕촌이 아니라 서울인 것이다. 왕촌은 서울에서의 삶을 충격하는 내적인 공간으로 자리할 때 단순한 전원으로 머물지 않고 살아 있는 구체적인 공간으로 존재하게 될 것이다. 이런 점에서 시인이 노래하고 있는 왕촌은 집인 동시에 길인 것이다.

집과 길, 그 위에서 부르는 시인의 노래여 영원하라.

**이 명 수** 1945년 경기도 고양 출생. 건국대 및 동 대학원 국문과 졸업. 1975년 《심상》으로 등단. 시집으로 『공한지(空閑地)』, 『흔들리는 도시에 밤이 내리고』, 『등을 돌리면 그리운 날들』, 『왕촌일기』 등이 있으며, 산문집으로 『지성 감성 그리고 야성의 사랑』 등이 있음. 현재 계간 시지 《시로여는세상》 대표.

**이 재 복** 1966년 충북 제천 출생. 한양대학교 국어국문학과와 동 대학원 박사과정 졸업. 1996년 《소설과 사상》으로 등단. 비평집으로 『몸』과 편저 『몸속에 별이 뜬다』 등이 있음. 한양대, 성신여대, 서울산업대, 한겨레문화센터 출강.

공놀이하는 달마

최동호 시집

민음사

저물녘까지 공을 가지고 놀이하던 아이들이
다 집으로 돌아가고, 공터가 자기만의
공터가 되었을 때
버려져 있던 공을 물고
개 한 마리가 어슬렁거리며
걸어나와 놀고 있다


　(중략)


공놀이하던 개는 푸른빛 유령이 된다 길게 내뻗은 이빨에
달빛 한 귀퉁이 찢겨 나가고
귀신 붙은 꼬리가 일으킨 회오리 바람을 타고
공은 하늘로 솟구쳤다 떨어지기도 한다
어둠이 빠져나간 새벽녘
이슬에 젖은 소가죽 공은 함께 놀아줄
달마를 기다리며 버려진 아이처럼 잠든다


　　　— 「공놀이하는 달마」 중에서


224

# 일상 또는 평범 속에서 찾은 진리

― 최동호 시집 『공놀이하는 달마』, 민음사

윤 여 탁

## I.

'달마(達磨)' 에 대해서 절 집에 있는 탱화(幀畵)나 불화(佛畵)에서 본 달마 대사 또는 언젠가 본 영화 제목에 나오는 정도로 기억하고 있는 내가 최동호 시인의 시집 『공놀이하는 달마』를 본격적으로 논의하기는 쉽지 않았다. 지난 해 시인이 보내온 시집을 대충 읽고는 나의 인터넷 둥지에 있는 '테마 여행' 이라는 방에서 그 감상을 이야기함으로써 감사하는 마음을 남긴 적은 있지만 말이다.

서평이라는 형식의 글을 쓰기 위해 시집을 다시 읽었음에도 불구하고, 나처럼 세속적인 인간은 시인이 이르고자 했던 깨달음을 곧바로 이해하기 어려웠다. 그래서 우선 '달마' 를 알기 위해서 사전을 펼쳐보니, 대략 '남인도 향지국(香至國)이라는 나라의 셋째 왕자로 태어나 남북조 시대 양(梁) 나라에 와서 중국 선종(禪宗)의 시조가 된 달마 대사' 라는 설명과 'dharma라는 범어(梵語)로 불법(佛法), 진리, 본체, 궤범, 교법, 이법(理法)' 이라는 뜻풀이가 있었다.

이같은 소박한 수준의 이해를 기초로 하여 시집을 다시 펼쳐 읽으면서, 시인이 "동쪽으로 온 달마를 화두 삼아 삶의 껍질을 벗어보겠다고 마음 먹은 지 10년여의 세월"(「책머리에」) 동안 매달렸던 뜻을 조금이나마 짐작할 수 있었다. 그것은 달마 대사를 통하여 인간사의 진리를 찾아보는 도정(道程)이었으며, 우리네 삶의 진실한 이야기를 설파(說破)하는 것이었다.

Ⅱ.

이 시집에서 시인은 우리네 삶의 흔적이 진하게 묻어 있는 저자 거리, 북한산 인수봉이 바라다보이는 연구실, 이성선 시인과 밤새워 정담을 나누던 백담사, 일본 동경에 있을 때 찾았던 바쇼암[芭蕉庵], 수도승들이 고행(苦行)의 요람으로 여겼던 히말라야 설산(雪山) 등을 찾아가고 있으며, 여기서 만났던 사람, 자연 그리고 이들 사이의 인연들에 대해서 이야기하고 있다. 그 대상은 별다른 것이 아니었다. 계곡을 따라서 이어져 있는 길이나 마당 귀퉁이에 자리를 잡고 있는 산천초목(山川草木)과 자연 대상에서 의미를 찾고자 하는 사람들의 이야기였다.

그것은 계곡을 따라 이어져 있는 길[道]처럼 끊을 수 없는 인연(因緣)을 확인하는 것으로부터 시작된다. 그 길과 진리[道]는 멀리 있지 않았다. 시인의 가슴속에 있었으며, 시인의 주변에 널려 있는 자연 속에 있었다. 계절의 섭리(攝理)를 이기지 못해 떨어지는 나뭇잎에 있었고, 겨울 산을 하얗게 덮어주는 눈[雪]에 있었다. 시인은 10년여의 시적 탐구라는 나름의 고행을 통해서, 이처럼 바람결에 쓸려가는 또는 빗자루로 쓸어버린 인연에서 부처님의 미소를 읽고 있다.

천천히 혼자 거닐 수 있는
서늘한 앞마당 어딘가에 있었으면

조용히 떫푸른 녹차 한 잔

잔잔한 미소 띄워 영원처럼 마시고

　　꼬리치는 삽살개 소리나 어쩌다
　　찰랑이는 바람결도 외로운 귓가에 들었으면
　　　　　　　　　　　　　　—「녹차 한 잔의 미소」 전문

　그리고 시인은 이같은 깨달음을 간명한 시어로 표현하고 있다.
마치 이미지나 대상만이 나열되는 정물시나 사물시처럼 이 시집에
실린 시들은 시인이 접한 자연이나 사실만을 제시하고 있다. 또한
제시된 명제나 사실을 구체화하는 수식(修飾)이나 서술(敍述) 또는
시인의 감정 표현을 절제하고 있다. 즉 특별한 미사 어구(美辭語句)
가 없는 시어 구사나 시행의 배치를 선택하고 있다. 구체적으로는
행간 걸림의 시어 구사, 인과 관계가 없는 것과 같은 시행 배치를
통하여 의미를 전달하고 있다.
　이 시집에 실린 시들은 시인이 도달할 수 있었던 깨달음에 이르
는 과정을 이같은 방식으로 표현하고 있으며, 이 과정을 통해서 스
스로 도달한 경지를 있는 그대로를 보여주고 있다. 그렇기 때문에
시를 읽는 독자 역시 깨달음의 결과보다는 깨달음의 과정을 눈치챌
수 있어야 한다. 즉 시인은 자신이 보고 체험한 것만을 제시함으로
써, 독자 스스로 그것을 깨달을 수 있도록 요구하고 있다.


　Ⅲ.
　동쪽으로 온 달마가 그랬던 것처럼, 시인은 이 시집에 실린 시들
에서 진실에 접근하고자 하는 고행의 여정(旅程)을 보여주고 있다.
그것은 일찍이 달마가 그랬던 것처럼 인간사의 진리, 삶의 이야기,

불법에 대한 깨달음의 과정에 이르는 과정에 대한 이야기다. 또한 불법을 전하는 선시(禪詩)를 썼던 중국 당 나라의 중 한산(寒山)이 그랬던 것처럼, 시인은 깨달음의 이야기를 시라는 형식에 담아내고 있다.

　그것은 평범한 것이었다. 정글을 헤매면서 밀림의 북소리를 찾아 헤매고 살아왔던 것과 같은 지난날의 삶에서 깨어나면서, 시인은 밀림의 북소리가 밀림에 있는 것이 아니라 시인 자신의 가슴속에 있다는 사실을 알게 된다. 그리고 이처럼 평범한 사실을 알고 나서 어떤 떨림을 느꼈다고 고백하고 있으며, 그 떨림은 진실을 찾아보겠다고 떠났던 그동안의 여행 또는 고행, 시작(詩作) 과정 내내 시인과 같이 있었음을 깨닫고 있다.(「시적 신성성과 매혹 — 히말라야와 정글의 빗소리」, 108~9면)

**최 동 호** 1976년 시집 『황사바람』 간행, 같은 해 《중앙일보》 신춘문예에 평론 당선. 시집으로 『아침책상』, 『딱따구리는 어디에 숨어 있는가』, 『공놀이하는 달마』 등이 있으며, 저서로 『현대시의 정신』, 『시 읽기의 즐거움』, 『인터넷 시대의 시창작론』 등이 있음. 현재 고려대학교 국문과 교수로 재직중.

**윤 여 탁** 1955년 충남 논산 출생. 문학평론가. 서울대 국어교육과와 동 대학원 졸업. 『시 교육론』 1·2 등 다수의 저서가 있음. 현재 서울대 국어교육과 교수로 재직중.

사람들은 늘 바다로 떠날 일을 꿈꾸지만
나는 아무래도 강으로 가야겠다
가없이 넓고 크고 자유로운 세계에 대한 꿈을
버린 것은 아니지만 작고 따뜻한 물소리에서
다시 출발해야 할 것 같다
해일이 되어 가까운 마을부터 휩쓸어버리거나
이 세상을 차갑고 거대한 물로 덮어버린 뒤
물보라를 날리며 배 한 척을 저어나가는 날이
한 번쯤 있었으면 하지만
너무 크고 넓어서 많은 것을 가졌어도
아무것도 손에 쥐지 못한 것처럼 공허한
바다가 아니라 쏘가리 치리 동자래 몇 마리만으로도
넉넉할 수 있는 강으로 가고 싶다
급히게 달려가는 사나운 물살이 아니라
여유 있게 흐르면서도 온 들을 다 적시며 가는 물줄기와
물살에 유연하게 다듬어졌어도 속으론 참 단단한
자갈밭을 지나 천천히 천천히 걸어오고 싶다

—「그리운 강」 중에서

# 넉넉한 마음의 노래

— 도종환 시집 『슬픔의 뿌리』, 실천문학사

구 모 룡

도종환의 시에서 가장 처음 읽히는 것은 깊고 넉넉한 마음이다. 그의 시는 자기와 이웃과 사물들을 향한 마음을 표현하고 있다. 우선 자기를 향한 마음은 반성적이다. 살아온 날들을 떠올리거나 살아갈 날들을 생각하면서 그는 자신에게 매우 엄격하다. 이는 젊은 시절부터 품었던 이상과 희망 그리고 순수한 열정을 잃지 않으려는 그의 의지와 연관된다. 그가 만나는 많은 사물과 풍경들은 이러한 의지의 마음을 일깨우거나 확인하게 한다. 이래서 사물이나 풍경과 나누는 대화는 그의 시에서 중요한 자리를 차지한다. 그의 시에서 사물들이 삶을 표상하거나 은유가 되는 것은 당연하다. 그렇지만 주체가 타자인 사물을 억압하는 경우는 드물다. 오히려 사물들을 바르게 인식함으로써 주체의 삶을 되새긴다. 이러한 점에서 사물들을 향한 그의 마음은 열려 있다. 그는 풍경 속의 길을 따라 삶의 길을 찾는다. 사물들과 대화하는 그의 마음은 또한 이웃들을 향해 있다. 애린(愛隣)은 그의 한결같은 마음이다.

 시인의 넉넉한 마음의 연원은 어딜까? 이는 단순하게 천성 탓으로 돌릴 일은 아니다. 무엇보다 생의 과정에 대하여 그가 보인 입장과 태도에 연유한다. 도종환의 시는 항상 마음을 갈고 닦는 일과 함께 한다. 그의 시야말로 마음이 가는 바를 표현하고 있다. 이 때 마음은 자연 그대로가 아니다. 또한 넘치는 감정도 아니다. 그것은 자기를 낮추고 타자를 바르게 이해하려는 노력의 과정에서 발현된다. 이러한 과정에서 그의 마음은 깊고 넉넉하다. 타자를 넓게 껴안는다. 그의 시는 타자를 두려워하지 않는다. 또한 주체에 얽매이지도 않는다. 시가 마음의 진실된 표현이기 때문이다. 이러한 그의 시에서 사물을 뒤틀거나 주체를 재료 삼아 해부해야 할 까닭이 없다. 그에게 언어와 이미지는 모두 진정성의 산물이다.

시인은 사물과의 대화를 사랑이라고 한다. 시인의 희망은 진정한 사랑이 있는 세계를 향해 있다. 하지만 시인은 이 세상에 사랑이 없어 환멸스럽다고 말하지 않는다. 그는 "희망의 바깥은 없다"고 말한다. 이러한 그의 입장은 정서와 언어의 층위에서 그의 시에 구체성을 부여한다. 그는 고통과 모순의 현실이라 하더라도 이러한 현실 안에서 새로운 세계를 꿈꾸어야 한다고 생각한다. 사랑의 시학은 그의 이러한 현실주의에서 형성된다. 그의 시는 사랑으로 세계를 이해하면서 그 속에서 희망의 징표를 찾으려는 노력의 산물이다. 말할 것도 없이 이러한 노력은 힘겹다. 의지의 피로가 나타날 수도 있다. 또한 희망을 품은 자의 고독은 피할 수 없는 일이다.

넉넉한 마음은 역설적이게도 쓸쓸하고 슬픈 마음이다. 자기와 사물을 사랑으로 감싸는 이의 마음은 무엇보다 존재의 본성을 바로 안다. 그렇다면 존재의 본성은 무엇인가? 그것은 한 마디로 죽음이다. 또한 생명이다. 도종환의 시는 존재의 본성을 말하고자 한다. 그것은 제 안에 죽음을 간직한 생명에 대한 인식에 상응한다. 그의 시가 보이는 삶의 쓸쓸함은 존재의 본질적인 한계의 인식에서 비롯한다. 따라서 고립주의적인 감정양식으로 규정하는 것은 잘못이다. 슬픔 또한 이와 같아서 생명의 본성을 규정하는 의미로 받아들여진다. 모든 살아있는 것의 슬픔은 죽음 때문이다. 이처럼 죽음에 이르는 존재에게 사랑은 가장 고귀한 가치가 된다.

　도종환의 시는 마음과 행위의 변함 없는 일치를 보여준다. 사물들을 넉넉하게 껴안는 마음은 세상에 대한 폭 넓은 사랑의 행위로 나타난다. 그의 시에서 연민은 자기 연민을 넘어서며 표현은 자기 표현을 뛰어넘는다. 항상 주체와 타자를 동등한 관계에서 이해하면서 사물들과 삶을 진실되게 그려내려 한다. 그래서 그의 시는 진정성의 언어로 채워져 있다. 맑고 깨끗한 마음에 비친 사물들의 언어인 까닭이다. 『슬픔의 뿌리』라는 표제가 말하듯 그의 시는 이러한 마음의 근원을 헤집는다. 이것은 마치 공부의 오랜 전통인 도(道)의 탐색과 같은 것이어서 그에게 여전한 과제가 되고 있다. 그는 존재의 뿌리를 찾아가면서 사물과 삶이 제자리를 찾는 이치를 터득하고 이를 추구한다. 그의 시는 이러한 도정의 언어들로 채워져 있다. 시작의 계속성을 담보하는 이것은 앞으로 또 다른 차원의 마음의 시학으로 나타날 것이라 믿는다.

도 종 환 1954년 충북 청주 출생. 1984년 《분단시대》로 등단. 시집으로 『고두미마을에서』, 『접시꽃당신』, 『부드러운 직선』 등이 있으며 산문집으로 『지금은 묻어둔 그리움』, 『마지막 한번을 더 용서하는 마음』 등이 있음. 신동엽창작기금 수혜, 민족예술상 등 수상.

구 모 룡 1982년 《조선일보》 신춘문예 문학평론 당선. 『제유의 시학』 등 다수의 평론집과 저서가 있음. 현재 한국해양대 동아시아학과 교수. 시전문계간지 《신생》 주간.

물─화면에 방영되는 출렁거리는 푸른 하늘에
번지는 색채 구름, 지지직
화면을 깨트리는 태양
대형 흑백 화면 밖으로 솟아 나오는


하얀 수련꽃! 듬성듬성 빨간
**수련꽃!**
밀폐된 공기의 뚜껑을 여는 물기 도는 저 식물성 말들!


수련의 말을 따먹는 물고기가 없는지, 쿨럭쿨럭
수면을 뒤집으며
소리가 채 마르지 않은
단어들이 튀어 오르네


─「흰 수련」 중에서

# 감각의 깊이
— 채호기 시집 『수련』, 문학과지성사

이 혜 원

인상주의를 대표하는 화가인 모네는 만년에 수십 점의 '수련' 연작을 발표하였다. 물과 반사광이 어우러진 연못의 풍경은 빛의 순간적인 인상을 포착하는 데 바쳐진 그의 필생의 작업을 완성하기에 더할 나위 없이 좋은 소재를 제공해 주었다. 채호기의 시집 『수련』은, 하나의 소재에 대한 일관성과 집중력, 감각적 인상의 포착과 시선에 대한 자각에 기인하며, 아름다움의 본질에 대한 탐색이자 개성의 발견에 이르는 과정을 보여주는 등 여러 가지 측면에서 모네의 '수련' 연작을 연상시킨다.

수련이 피어있는 무심한 연못의 풍경에서 유심한 '인상'을 발견하는 데는 '시선'의 작용이 깊숙이 개입한다. 이 때의 시선이란 지극히 현상학적인 것으로 대상과 의식의 긴밀한 상호작용이 전제되는 것이다. 사물에 대한 객관적인 인식을 의심하는 현상학이나, 고전주의 미학의 엄격하고 고정된 시선을 부정한 인상주의에서의 '시선'은 '대화'와 같은 소통의 방식을 제시한다. 그렇다면 수련을 본다는 것은 수련과 대화한다는 것. "너의 시선이 닿는 순간 수련은 피어난다./잔잔한 백지의 수면 위로,/네 의식의 고요한 수면 위로"(「백지의 수면 위로」). 일방적인 해석이나 규정과 달리 대화는 대상과의 끊임없는 접촉과 소통의 과정이다. 그토록 많은 '수련' 연작이 태어날 수 있는 것도 이 때문이다.

수련과의 대화를 위해 오감을 개방한 시인은 그 감각적인 아름다움을 보고, 듣고, 만지고, 맛보고, 냄새 맡는다. 채호기의 '수련' 연작에서 얻을 수 있는 감각의 쾌감은 그림과는 달리 시각에만 집중되지 않는 다양한 경로로 인해 배가된다. 가령 "시간이 익으며 마침내/초록빛 수련의 입술이 벌어졌다/흰 수련/수련의 목소리가 들리기 시작했다. 저쪽에서도 이쪽에서도/팔을 뻗으면 만져질 듯한 요 앞에서도/하얀 사발이 깨어지듯이 날카로운 흰빛으로/목소리는 사방으로 흩어졌다/새벽은 수련의 목소리로 깨어나고 있었다"(「모네의 수련 1」)에서 '빛'은 '소리'와 일치한다. 시인은 '언어'라는 질료를 강력하게 의식하고 그것의 효과를 극대화시키려 한다. 모네의 수련이 캔버스 위에서 이루어진 '붓'과 '빛'의 만남이라면 채호기의 수련은 종이 위에 쓰여진 '언어'와 '감각'의 대화이다.

채호기의 '수련' 연작은 기실 '언어'에 대한 탐구의 산물이라 할 수 있다. "종이 위에 '수련'이란 글자를 쓰자마자/종이는 연못이 되어 출렁이고/자음과 모음은 꽃잎과 꽃술이 되어 피어난다."(「수련의 비밀 1」)라고 하는 데에는 존재와 언어에 대한 김춘수 식의 질문이 들어있다. 그런데 김춘수가 존재의 증명으로서의 언어의 절대성을 확신한 것에 비해 채호기는 언어의 불완전성과 절대성 사이에서 끊임없이 흔들린다. "수련, 너를 백지 위에 옮기려면/너를 죽여야만 한다."는 불안과 "백시 위 '수련'이란 글자로부터 너는 영원히 살아날 것이다"(「수련」)라는 확신이 끊임없이 충돌한다. 언어의 감옥에 들어가는 순간 실재의 순수한 감각은 사라져버리고 만다. 그렇지만 언어를 통하지 않고 어찌 존재에 영원성을 부여할 수 있을 것인가. 채호기의 시는 이러한 존재와 언어의 딜레마를 화두로 하고 있다.

인상주의 화가들은 시시각각으로 변하는 빛의 진실을 포착하기 위해 하나의 장면을 여러 번 반복해서 그렸다. 재미있는 것은 그런 과정에서 대상의 의미보다는 질료 자체의 존재가 부각되었다는 점이다. 모네의 수련 그림은 여러 차례 변모하면서 나중에는 거의 추상화되어 터치와 색감의 순수성이 돋보이는 단계에 이른다. 채호기의 시가 궁극적으로 향하는 지점도 순수한 '말의 깊이'에 이르는 길이다. "수련은 말 위로 꽃잎만 내민 채/말의 깊이 속에 잠겨 있다." (「연못 2」)에서, 감각적으로 포착되는 수련의 인상은 그 존재의 부분이라는 인식을 엿볼 수 있다. 우리의 눈앞에 펼쳐지는 수련의 아름다움은 저 깊은 존재의 뿌리에서 기인하는 것이다. 이는 "존재가 의식과 감각에 과시되는 것은 이 깊이의 밑바닥"이라는 리샤르의 생각을 연상시킨다. 채호기의 시는, "비밀은 깊다. 말없는 시간의 더딘 지루함과/기다리는 시간의 조급함처럼./팔 하나를 집어넣어도 잡을 수 없는 깊이./몸 전체를 빠뜨려도 섞일 수 없는 깊이"(「수련의 비밀 2」)로 짐작되는, 이 언어의 심연에 이르는 감각과 의식의 모험이다.

**채 호 기** 1988년 《창작과비평》으로 등단. 시집으로 『지독한 사랑』, 『슬픈 게이』 등이 있음.

**이 혜 원** 1966년 강원도 양양 출생. 고려대 국어교육과 및 동대학원 졸업. 1991년 《동아일보》 신춘문예로 등단. 저서로 『현대시 욕망과 이미지』, 『세기말의 꿈과 시학』 등이 있음.

어깨 건해
죽은 척이 있다
정병근 시집

그 아저씨가 은행을 턴다
자기보다 다섯 배나 더 긴 장대로
은행나무의 갈피를 휘젓는다
맘껏 한 번 털어 보시죠
문을 활짝 열어 제치고
눈감고 기다리는 은행나무
장대로 탁탁 털 때마다
은행보다 은행잎들이 더 많이 떨어진다
그 아저씨 목이 아파 잠시 쉬는 동안
건들건들 은행나무가 아저씨를 턴다
내놔 봐 내놔 봐
허공 같은 다리를 툭툭 털자
그의 호주머니에서 붉은 목도장이 떨어진다

— 「은행을 털다」 중에서

# 자기 삶에서 소외된 자들을 비추는 시선

― 정병근 시집 『오래 전에 죽은 적이 있다』, 천년의시작

조 해 옥

정병근의 시집 『오래 전에 죽은 적이 있다』에 실린 작품들을 살펴보면, 시인의 시상이 세 가지 방향으로 전개되고 있음을 알 수 있다. 첫째로 꿈틀거리는 생명성을 보여주는 작품들로, 「옻나무」, 「덩굴집」과 「日蝕」 등이 있다. 둘째로 삶에 대한 의지와 반성을 담은 작품들이 있다. 여기에는 「決心」, 「오래 전에 죽은 적이 있다」, 「폭포」, 「먼길」 등이 속한다. 셋째로 객관적인 관찰의 시선으로 삶에서 소외된 존재들을 담아낸 작품들이 있다. 여기에는 「늙은 관리인」, 「그의 구두」, 「삼양 슈퍼 맹씨」, 「은행을 털다」, 「탑골 공원에서 노인들을 보다」, 「變身」, 「기찻길 옆 고물상」 등이 속한다.

> 그곳이 어딜까
> 허공을 긁는 무수한 손아귀,
> 땀 뻘뻘 흘리며 기어가는 손등의 핏줄
> 저 우둘두둘한 삶의 행로
>
> ―「덩굴 집」 부분

금이 간 담장과 슬레이트 지붕과 녹슨 대문을 가진 집은 낡아간다. 그러나 집이 퇴락해 가는 시간은 덩굴식물들이 뒤엉켜서 자라는 생성의 시간이기도 하다. 덩굴들의 손아귀는 붙잡을 만한 것이

없는 허공을 긁으며 생의 길을 찾느라 분주하다. 덩굴들이 허물어져 가는 집을 새롭게 짓는다. "녹슨 대문 앞에 적막이 바글바글 끓는다"(「덩굴 집」), "탱자나무 가시 끝,/사마귀가 해를 갉아먹고 있었다"(「日蝕」) 정병근 시인은 황폐함으로 비쳐지는 물상들, 파괴적인 현상들을 무성한 생명력으로 전환시키는 상상력을 보여준다.

자신의 삶으로부터 소외된 존재들을 다룬 작품들은 정병근의 시집에서 많은 편수를 차지한다. 아파트의 늙은 관리인은 "아무도 그에게 권력을 주지 않았다". 그러나 그는 자신이 편입할 수 없는 권력에 순응하며 "거수경례를 붙이고 싶"어한다.(「늙은 관리인」) "그래서 그는 사람을 함부로 대하지 않는다 슬리퍼를 끌며 담배 한 갑 사러 오는 청년에게도 먼저 아는 척을 해야 직성이 풀린다 청년이야 약간 모자란 그냥 맘 좋은 아저씨쯤 생각하겠지만 그의 미소와 친절 속에 그토록 유서 깊은 배려가 숨어있는 줄은 모른다"(「삼양 슈퍼 맹씨」) 슈퍼 주인 맹씨는 자신의 안전만이 생의 목표인 듯한 사람이다. 맹씨에게 타자는 두려운 대상에 불과하다.

내놔 봐 내놔 봐
허공 같은 다리를 툭툭 털자
그의 호주머니에서 붉은 목도장이 떨어진다
바랜 사진과 주민등록 번호가 떨어진다
야윈 무릎에 박혀있던
舍利들이 후두둑 떨어진다
사리보다 더 많은 주름이 떨어진다
　　　　　　　　　　　　　　　—「은행을 털다」 부분

「은행을 털다」는 다중의 의미를 내포한 작품이다. '은행나무를 털다' 와 '은행(銀行)을 털다' 와 '은행(銀行)을 터는 행동의 공격성과 상반되는 아저씨의 나약함' 과 '서민의 남루를 털어대는 은행(銀行)' 등으로 '은행을 털다' 의 의미는 확장된다. '은행을 털다' 는 은행나무를 터는 아저씨를 다루고 있지만, 은행을 턴다는 어감이 연상시키는 강한 충동적 행동을 연상시킴으로써 지상에서 아무 것도 소유하지 못한 '아저씨' 의 나약한 위상을 역설적으로 드러낸다. 이 시의 화자는 은행(銀行)의 권위적인 태도와 대조적인 아저씨의 남루함을 관찰하고 있다. 저금리로 고객들에게 문턱을 낮추었다고 광고하는 은행은 '아저씨' 로 대표되는 서민들에게는 여전히 "내놔 봐 내놔 봐"라는 위압적이고도 권위적인 태도를 취한다.

　「늙은 관리인」의 늙은 관리인처럼 권력에서 소외된 남루한 존재들이나 「삼양 슈퍼 맹씨」처럼 무반성적으로 일상에 길든 자들이나 「은행을 털다」의 아저씨 모두 자신이 자기 삶을 주체적으로 이끌지 못한다. 정병근은 객관적인 시선으로 자신의 삶에서조차 소외된 존재들을 다루고 있다. 그 시선의 밑바탕에는 소외된 자들에 대한 안타까움이 내재되어 있다. 이는 황폐해지고 파괴된 현상들의 이면에 숨겨져 있는 생명성을 찾아내 빛을 비추는 시인의 상상력과 긴밀하게 연결된다.

**정 병 근** 1962년 경북 경주 출생. 동국대 국문과 졸업. 1988년 《불교문학》으로 등단. 시집으로 『오래 전에 죽은 적이 있다』 등이 있음.

**조 해 옥** 1997년 《서울신문》 신춘문예로 등단. 저서로 『이상 시의 근대성 연구』가 있음. 한남대 강사.

일평생 농사만 지으시다 돌아가신
작은할아버지께서는
세상에서 가장 절을 잘하셨다

제삿날이 다가오면
나는 무엇보다 작은할아버지께서 절하시는 모습이
기다려지곤 했는데

그 작은 몸을 다소곳하게 오그리고
온몸에 빈틈없이 정성을 다하는 자세란
천하의 귀신들도 감동하지 않고는 못 배길 모습이라

(중략)

먼 훗날 내 자식이 또한 영글어
제삿날 내 절하는 모습을 뒤에서 훔쳐볼 때
그 모습 그대로 그리워지길

—「절」 중에서

# 삶의 애잔한 숨결

― 이홍섭 시집 『숨결』, 현대문학북스

이 숭 원

이홍섭은 강릉에서 태어나 시를 쓰는 사람이다. 강릉이라고 하지만, 그의 시 「한숨」에 의하면, 그가 자란 곳은 강원도 '명주군 왕산면 대기리' 이다. 1995년에 명주군이 강릉시와 통합되어 지도에서 사라졌으니 지금에 와서는 그가 태어나 자란 곳을 강릉이라고 할수밖에 없다. 그러나 그의 성장지는 청남색 동해 바다가 보이는 해안지역이 아니라 명주군의 내륙 왕산면 대기리 산간지역이다. 그곳에는 산비탈의 청록색 수목 사이로 햇빛과 바람과 구름이 스치고 지나갔으니 그의 시에 천진한 자연과의 속삭임이 나오는 것은 당연한 일이다. 그가 바다를 접한 것은 어느 정도 철이 들어 강릉 시내의 학교를 다닐 때의 일일 것이니 사춘기의 감성에 수직의 파도가 부딪쳐 온 충격을 "처음 바다를 보았을 때/동해는 그 막막함으로 나를 사로잡았다"(「바다 약전」)고 표현하였다. 이러한 연유로 그의 시의 상상력은 산과 바다의 두 축 사이를 왕래한다.

그러나 바다보다는 산의 아들이라고 생각하는 그는 한계령을 넘어 내설악 백담사 무금선원(無今禪院)에 들어 무산 오현(霧山 五鉉) 화상을 보필하며 불사와 관련된 일을 도왔다. 이런 까닭으로 그의 시에는 불교적 소재와 불교적 사유가 빈번하게 등장하지만, 그것이 굴레가 되어 시적 자유를 가로막는 일은 없다. 오히려 그의 사유는 불교적 자비(慈悲)의 의미를 넓게 해석하고 새롭게 수용하여 사람들이 펼쳐내는 애처로운 사연을 자애롭게 바라보는 자세를 취함으로써 다른 시에서 맛볼 수 없는 독특한 질감을 제공한다. 이 세상에 많은 시가 있지만 그 시들과 이홍섭의 시를 구분짓게 하는 요소가 바로 이것이다. 그는 삶의 비애를 존재의 숙명으로 받아들이지만, 그 슬픈 운명 속에서 삶의 아름다움과 마음의 순정함을 발견한다. 이것은 마치 어린 자식을 아린 마음으로 끌어안는 어머니의 슬픈 사랑과 같은 것이니 이 자비의 마음이 그의 시에 색다른 윤기를 자아내게 하는 동력임을 새로이 깨닫게 된다.

어머니의 사랑이 겉으로 표나게 드러나지 않으면서도 안으로는 모닥불처럼 온기를 감싸고 있듯이 이홍섭의 시 역시 담담하고 낮은 음조 속에 가슴에 젖어드는 삶의 애잔함을 담아놓는다. 「코끼리 모자」에서 시골에서 올라온 어머니가 어린이대공원에서 먼 나라에서 온 동물들을 구경하면서 "참 먼 데까지 왔구나"라고 동물들을 어루만지듯 말한다. 이 말 속에는 먼 곳에서 온 동물들에 대한 진기한 느낌과 함께 이 먼 곳까지 이주해 온 그 동물들에 대한 연민의 정이 담겨 있다. 그리고 그 연민은 이 땅에서 살아가는 사람들도 먼 곳으로 떠나와 외롭게 떠도는 존재라는 의미까지 환기한다. 그러나 이 모든 의미의 전달은 명확한 단언에 의하시 않고 그럴 것이라는 암시와 애잔한 기미를 전해주는 데에서 끝난다.

「선지 해장국집」은 새벽에 일을 끝내고 해장국을 먹는 술집 여인들의 모습을 보여준다. 그 중에는 "검은 선지 위에/노른자를 동동 띄운 채/물끄러미 바라만 보고 있는 여자"도 있었다는 것인데, 그 여자는 "앳된 여자"라고 알려준다. 이 외에 아무 말도 덧붙이지 않고 시는 끝나지만 시행 사이에 숨겨진 애틋하고 기구한 사연을 우리들은 충분히 감지하게 되고 그로 말미암아 더 깊은 슬픔이 밀려드는 것을 체험하게 된다. 그러한 연민과 슬픔이 사랑으로 승화하는 절정의 자리에 놓인 작품이 「숨결」이다. "아내의 고단한 숨결 속으로/내 고단한 숨결도/가만가만 보태어보는" 연민 어린 사랑의 장면을 우리들은 오래도록 잊지 못할 것이다.

이런 애틋한 사연을 통해 그가 보여주고자 하는 것이 삶의 비애가 아니라는 것은 삼척동자라도 알 수 있는 일이다. 그가 삶의 애환을 따뜻하게 감싸안음으로써 궁극적으로 추구하고자 하는 것은 천지 귀신까지 감동시킬 수 있는 마음의 올곧음이다. 그리고 그 마음의 결곡함이 몸의 형식으로 그대로 드러나는 경지이다. 이것을 잘 표현한 시가 바로 「절」이다. "작은 몸을 다소곳하게 오그리고/온몸에 빈틈없이 정성을 다하는 자세"를 그리워하며 스스로도 "두 손을 가지런히 하고/가만히 발끝을 모아보는" 모습을 실행해 보는 것은 바로 이 결곡한 마음자리가 대를 이어 이어진다는 뜻을 내포한다. 이것은 어떤 면에서 역사의식이 내면화되는 과정이라고 할 수도 있다.

이러한 의식이 「세한도」의 창작에까지 시인을 이끌어 갔으리라. 현실 속의 "여름나무들은 방자히 푸르른데", 세한도 속에는 흰 눈 속에 푸른 송백 네 그루가 있다. 거기에는 쓰러져가는 집 한 채와 그 집의 외로운 창 하나가 있을 뿐이다. 그런데도 이 외로운 공간에 시인은 머물러 있으려 한다. 외로움 속에 피어오르는 청정한 순결의 기상이 시인의 마음을 붙들기 때문이다.

그는 삶의 애잔함도 간결하게 이야기하며 결곡한 마음의 추구도 야단스럽지 않게 표현한다. 절제와 은일이 그의 시의 특징이다. 그 특징을 잘 드러내는 시어가 '숨결'이다. 그의 시는 삶의 애잔한 숨결을 단아하게 드러낸다. 단정한 이마 아래 슬픈 사랑의 눈을 보여주는 시집이 이홍섭의 『숨결』이다.

**이 홍 섭**

1965년 강원도 강릉 출생. 강릉대학교, 경희대 대학원 국문과 졸업. 1990년 《현대시세계》로 등단. 시집으로 『강릉, 프라하, 함흥』, 『숨결』 등이 있음.

**이 숭 원**

1955년 서울 출생. 서울대학교 국어교육과 및 대학원 국문학과 졸업. 1986년 《한국문학》으로 등단. 저서로 『초록의 시학을 위하여』, 『정지용 시의 심층적 탐구』, 『한국 현대시 감상론』 등이 있음. 시와시학상, 김달진문학상 등 수상. 현재 서울여자대학교 한국어문학부 교수로 재직중.

실천문학 시집 137

맹문재 시집

물고기에게
배우다

실천문학사

철조망 가에 핀 꽃은 너무 아름다워
철조망이 꽃을 보호하는지
꽃이 철조망을 좋아하는지 모를 지경이다
철조망은 꽃의 등 뒤로 가시를 감추고
꽃은 철조망에 기대어
허약한 몸을 지탱하는 것이다
꽃이 담을 넘어 도망치려고 해도
철조망은 너그럽고
철조망이 가두는데도
꽃은 바람막이로 여기고 고마워하는 것이다
철조망 가에 핀 꽃은 그러나
꽃이 아니다
머리띠를 두른 사원들이 회사의 출입문에 모여
플래카드를 흔들고 합창을 부를 때
박수를 치며 바람을 일으키는 것이다

―「꽃」중에서

# 철조망 가에 핀 꽃이 '너무' 아름다운 이유
— 맹문재 시집 『물고기에게 배우다』, 실천문학사

고 명 철

　모르긴 모르되 그동안 시인들에게 사랑을 흠뻑 받은 시적 제재들 중 하나를 손꼽으라고 한다면 '꽃'이 아닐까. 동서고금을 통해 시인들은 꽃의 속성을 나름대로의 시안(詩眼)과 시심(詩心)으로 꿰뚫어 보며 꽃을 마음껏 노래하였다. 아마 꽃에 대한 시인들의 시적 관심은 영원할는지 모를 일이다. 그런데 이토록 흔히 불리워지는 꽃에 대한 시편들 중 시인 맹문재의 「꽃」은, 꽃에 대한 시적 인식의 지평을 넓혀준 것으로 나는 생각된다. 이것은 가볍게 넘겨버릴 수 있는 문제가 결코 아니다. 이미 많은 시인들에 의해 다루어진 제재를 또다시 주목할 경우, 중요한 것은 그 제재를 어떻게 새롭게 인식하느냐 하는 문제다. 가령, 맹문재의 「꽃」뿐만 아니라 다른 시인들의 꽃을 제재로 한 시편에서 궁극적으로 추구하고자 하는 바는, 꽃의 아름다움에 대한 것일진대, 그렇다면 이 아름다움을 어떠한 관점에서 포착해내는가, 바로 이것이야말로 시인의 새로운 시적 인식과 밀접한 연관을 맺는다.

　맹문재의 「꽃」에서 노래되는 꽃 역시 아름답다. 그 꽃이 사람들의 보살핌을 받으며 예쁜 화단에 화사하게 피어 있거나, 아니면 사람들의 발길이 뜸한 산과 들의 자연과 어우러져 피어 있어서 아름다운 게 결코 아니다. 그 꽃은 시인이 "철조망 가에 핀 꽃은 너무 아름다워"라고 노래하듯, 삭막하고 위협적인 철조망 가에 피어 있기에

"너무" 아름다운 존재로 인식된다. 여기서 나는 '너무'란 부사가 던져주는 시적 의미를 음미해본다. 그냥 아름다운 게 아니라 시인은 '너무'란 부사를 수식어로 대담히 사용함으로써 꽃의 아름다움을 시적 인식에 의해 다시 발견하고 있는 것이다. 그것은 철조망과 꽃의 관계 속에서 발견되는 꽃의 아름다움이다. 얼핏 보면, 「꽃」에서 철조망과 꽃은 서로 불화의 관계를 보이는 시적 대립의 이미지로만 파악되는데, 철조망과 꽃의 관계는 그렇게 단순하지 않다.

    철조망이 꽃을 보호하는지/꽃이 철조망을 좋아하는지 모를 지경이다/철조망은 꽃의 등 뒤로 가시를 감추고/꽃은 철조망에 기대어/허약한 몸을 지탱하는 것이다/꽃이 담을 넘어 도망치려고 해도/철조망은 너그럽고/철조망이 가두는데도/꽃은 바람막이로 여기고 고마워하는 것이다

'철조망/꽃'에서 연상되는 각각의 물질성은 분명 대립적이다. 단단함/연약함, 날카로움/부드러움, 차가움/따뜻함, 폐쇄성/개방성, 무생물/생물 등의 대립적 속성이 그렇다. 하지만 이러한 대립적 속성은 시인의 변증법적 인식 아래, 독자로 하여금 꽃의 아름다움을 새롭게 발견하도록 한다. 꽃을 자연에 존재하는 식물로서의 아름다움이 아니라, 사회적 실존으로서의 아름다움으로 전화(轉化)시킨다. 바로 여기에 시인의 새로운 시적 인식에 주목하는 이유가 존재한다.

    철조망 가에 핀 꽃은 그러나/꽃이 아니다/머리띠를 두른 사원들이 회사의 출입문에 모여/플래카드를 흔들고 합창을 부를 때/박수

를 치며 바람을 일으키는 것이다/그때마다 철조망이 가시를 내밀지만/꽃은 두려워하지 않는다/철조망에 갇힌 채/가시를 숨기고 있는 슬픈 운명인데도/화사하게 웃기만 하는 것이다

"철조망 가에 핀 꽃"이 '너무' 아름다운 이유는, 그 꽃이 이제 더이상 시인에게는 식물로서의 아름다움으로 인식되지 않고, 사회적 실존으로서의 아름다움으로 인식되기 때문이다. 혹시 시인은 "머리띠를 두른 사원들이 회사의 출입문에 모여/플래카드를 흔들고 합창을 부"르는 모습을, "철조망 가에 핀 꽃"과 동일성의 관계로 본 것은 아닐까. 불합리한 노동조건에 맞서 회사의 출입문에 매달려 투쟁하는 노동자로부터 연상되는 이미지를 "철조망 가에 핀 꽃"과 포개놓은 것은 아닐까. 그 포개짐 속에서 시인은, 철조망이 단단하고, 날카롭고, 차갑고, 폐쇄적일수록 철조망 가에 피어 있는 꽃을, 더욱 연약하고, 부드럽고, 따뜻하고, 개방적인 이미지로 부각시켜, 역설적이지만, 바로 그렇기 때문에 그 꽃을 한층 더 아름다운 존재로 인식하는 것은 아닐까. 왜냐하면 시인에게 이때의 꽃은 사회적 약자인 노동자의 실존과 등가의 관계를 의미하는 존재이자, 노동자의 좀더 나은 삶을 추구하는 가운데 생성되는 아름다움의 현현으로 파악되기 때문이다. 무엇보다 이 꽃이 "철조망에 갇힌 채/가시를 숨기고 있는 슬픈 운명인데도/화사하게 웃기만 하는 것이다"라는, 시행을 통해 읽을 수 있는 바는, '꽃=노동자'의 낙천성과 넉넉함이 지닌 아름다움이다. 이 웃는 행위는 철조망으로 상기되는 일련의 부정적 현실에 대한 삶의 패배로부터 빚어지는 자조(自嘲)의 행위가결코 아니다. 강조하건대, 이 웃음은 '철조망/꽃'의 변증법적 인식속에서 끊임없이 꽃을 사회적 실존의 아름다움으로 포착하고자 하

는 시인의 시적 의지가 내포된 상태의 '꽃의 피어남'이다.

　이렇듯이 맹문재의 「꽃」을 통해 나는 다시 한번 시적 대상에 대한 새로운 인식의 중요성을 깨닫는다. 게다가 그 인식의 도정에서 생성되는 시적 의미와 시적 아름다움이 불러일으키는 시적 감동의 소중함을 통해 철조망 가에 핀 꽃이 '너무' 아름다운 이유를 내 자신에게 되묻는다.

**맹 문 재** 1963년 충북 단양에서 출생. 1991년 《문학정신》으로 등단. 시집으로 『먼 길을 움직인다』, 『물고기에게 배우다』 등이 있으며, 『한국민중시문학사』, 『한국현대대표시선』, 『페미니즘과 에로티시즘 문학』, 『패스카드 시대의 휴머니즘 시』 등의 저서와 편저가 있음.

**고 명 철** 1970년 제주 출생. 성균관대 국문과 졸업 및 동대학원 졸업. 저서로는 『쓰다』의 정치학』, 『비평의 잉걸불』, 『1970년대의 유신체제를 넘는 민족문학론』, 『주례사 비평을 넘어서』(공저) 등이 있음. 현재 《비평과전망》 및 《리토피아》 편집위원, 광운대 겸임 교수로 재직중.

박형준 시집

박형준 시집

물 속 까지 잎 사 귀 가 피 어 있 다

창비시선
216

창작과비평사

박형준

空中이란 말
참 좋지요
중심이 비어서
새들이
꽉 찬
저곳

그대와
그 안에서
방을 들이고
아이를 낳고
냄새를 피웠으면

―「저곳」 중에서

# 상승 욕망의 탈향 시편들
— 박형준 시집 『물속까지 잎사귀가 피어 있다』, 창작과비평사

유성호

　박형준의 세 번째 시집 『물속까지 잎사귀가 피어 있다』(창작과비평사, 2002)는 시인의 불우했던 기억의 방향이 한결 '서사(설화적인 것이라고 해설자는 적고 있다)' 쪽으로 경사되면서, 그 기억의 서사가 시인 자신의 현재적 삶을 구성하는 중요하고도 배타적인 인자임을 다시 한 번 말해주고 있는 안간힘의 기록이다. 그러나 시인이 이번 시집을 통해 고통스럽게 드러내고 있는 것은, 이 같은 세계의 묵시록적 속성에 대한 또 한 번의 건조한 증언이 아니라, 그러한 세계의 형식에 대해 서정적 주체가 보여주는 이채로운 욕망과 반응이다. 대개 많은 평자들이 박형준 시력(詩歷) 10여 년을 어느 정도 일관된 것으로 읽고 있지만, 이번 시집에서 새삼 돋보이는 진경(進境)은 박형준 시의 진화론을 시사적으로 보여주는 데 기여한다. 그만큼 시인은 완강한 '기억'으로부터의 탈주를 표상하는 '상승' 욕망을 스스럼없이 내비치고 있다. 그래서 기왕의 서평들이 그의 시에 나타난 '소멸'과 '기억'의 여러 의장(意匠)들을 검토한 바 있으니, 우리는 이 시집의 중요한 지점을 '상승' 욕망과 '탈향'의 의식(ritual)으로 읽어도 괜찮으리라.

　그렇다면 무엇이 시인으로 하여금 그동안 자신의 시적 수원(水源)이기도 했던 '기억'의 점묘를 또 한번 수행시키면서도, "이 시집으로 나는 청년이 저물었음을 안다"(「시인의 말」)고 말하게 하고 있

는가. 양쪽에서 비슷한 힘을 싣고 있는 이 같은 아슬아슬한 균형은, 덧없이 스러져가는 낡은(늙은) 사물들에 대한 촘촘한 연대감과, 그동안 그의 시에서는 좀처럼 보이지 않던 '사랑'의 이미지들을 통한 새로운 상승 욕망의 개진에서 이루어진다. 이 두 가지 대칭적 힘이 이번 시집에서 그를 다시 한번 '기억'의 시인으로 만들고, 나아가 그 '기억'으로부터의 상승과 탈향을 추구하게 하고 있다.

그동안 그의 시는 전언 자체보다는 그것을 전해주는 사물들을 물질화하는 방식에서 '시적인 것'을 생산해왔다. 그래서 그는 생의 불가피한 본질적 형식을 '소멸'에서 찾고 그것에 대하여 일관된 집착을 보여왔다. 이번 시집에서도 늙고 노망든 할머니나 "무릎이 비어 있"(「바닥에 어머니가 주무신다」)는 늙은 어머니, 그리고 늙은 여인, 늙은 원숭이, 늙은 거미 등 수없이 늙고 병든 이미지들이 빈출한다. 그들은 한결같이 "땅에 닿자마자 금세 녹아버리는 흰빛들"(「봄밤」)이며, "썩는 것은 따뜻하다"(「변소에 대한 略史」)라는 시인의 표현에 포괄되는 기억의 숙주들이다. 그들은 "들끓는 침묵을 안에 가두고 있"(「햇볕에 날개를 말리고 있다」)는 목숨들로서, 시인으로서는 "이승에서 내가 평생 써야 할 시"(「明鏡」)인 것이다.

그러나 이번 시집에서 도드라지는 부분은 시인 자신의 소망을 직접 드러내는 몇 편에서 찾아진다. 시인은 시집 곳곳에서 "그대와/그 안에서/방을 들이고/아이를 낳고/냄새를 피웠으면"(「저곳」), "그녀의 맨발을 어루만져주고 싶다/간질여주고 싶다"(「사랑」), "나는 그 위를/저 건너편까지는 말고/불빛이 있는 곳까지만/걸어보고 싶다"(「여행」), "달에서 아이를 낳고 싶다/나무에 올라 발자국을 낳고 싶다"(「봄밤」)는 욕망을 비교적 직접 내비친다. 이 부드러운 스킨십(skinship)과 해산(解産)의 욕망이 그의 시를 여러 군데서 만지고 낳고 있는 것이다. 그런가 하면, 여전히 시집의 안쪽에는 '눈물(울음)'과 '잠(죽음)'의 이미지가 편만(遍滿)해 있지만, 언어의 바깥으로 상승하고 비상하려는 욕망 가령 "대지의 축축한 추억을 경멸하면서"(「얼음장 위의 차가운 불꽃」) "오리처럼 한번 힘차게 날아보고 싶다"(「사랑」)는 것을 그는 힘주어 피력한다. 그 상승과 비상을 향한 욕망이 시인으로 하여금 "재빨리 늙어"(「얘야, 밖에 눈이 온단다」)버린 자신을 탈환하고 마침내 그 '기억'으로부터 탈향케 하는 힘이 되고 있는 것이다. 이처럼 "심연에 웅크린/냄새의 근원"(「냄새」)을 탐색하면서 동시에 거기로부터 떠나려는 이 시인의 고단한 여정은 "조그맣게 울음 우는 비애의 몸체"(「독신자」)를 찾으면서 동시에 폐기하는 모순된 균형의 상상력에서 완성될 것이다.

첨언 하나. 이 시인과 미당의 관련성을 보여주는 작품이 여럿 있다(가령 「동지」, 「백동백이 있는 집」 등). 나는 이번에 그와 미당 사이의 심층적 대화에 대해 생각했다. 짐작컨대 그는 미당의 시편에 깊이 관심을 갖는 시적 후예일 것이다. 그의 시에 대한 후일의 과제이다.

**박 형 준** 1966년 전북 정읍 출생. 1991년《한국일보》신춘문예로 등단. 시집으로 『나는 이제 소멸에 대해서 이야기하련다』, 『빵냄새를 풍기는 거울』 등이 있음.

**유 성 호** 연세대학교 국어국문학과 및 동대학원 졸업. 평론집으로 『상징의 숲을 가로질러』, 『침묵의 파문』 등이 있음. 김달진문학상 등 수상. 현재 한국교원대학교 국어교육과 교수.

참 오래 썼습니다
한 뼘 되는 가위
지금까지 많은 종이들을 헤어지게 만들었지요
그리고 마침내 스스로 자석이 되었습니다
클립이나 작은 못쯤은 거뜬히 들어올리지요
그래서 뭘 어쩌자는 걸까요
지상의 모든 자석들은 알고 있을까요
아무리 끌어당겨 몸에 붙여도
그런 식으로는 누구와도 한몸이 될 수 없는 일을요
스테인리스 스틸이라는 문신이 무색하지 않게
녹, 상처 하나 없이 잘 살아왔습니다
그리고 앞으로도 오래 가위로 살아가겠지요
때로는 너무나 특별한, 자석인 가위로

— 「참 오래 쓴 가위」 중에서

# 오래된 두 축이 교차하여 만드는
# 남다른 의미의 자장
## — 이희중 시집 『참 오래 쓴 가위』, 문학동네

이 성 우

'나'의 문제와 '우리'의 문제는 이희중 시의 두 가지 축이다. 그 두 개의 축을 자신만의 정조와 시적 장치로 길항시키는 것이 이희중 시의 특징이다. 이에 걸맞게 시집 『참 오래 쓴 가위』에는 두 가지 층위의 시적 주체가 절묘하게 공존한다. 하나는 '공적 주체'라 이름 붙일 수 있는데, '우리' 혹은 '그들'의 삶에 내재한 부정적 속성들을 '당신'이나 '그대'로 설정된 작품 속 청자에게 들려주는 존재이다. 다른 하나는 '개인적 주체'라 부를 만한데, 서정적 자아인 '나'의 내밀한 의식 세계를 독자들에게 진술하는 역할을 한다. 이 두 가지 시적 주체는 서로 다른 작품에서 별도로 자신을 드러내거나, 같은 작품에서 어깨를 겯대고 나란히 나타난다.

가령, "신중하게/그들은 세상을 먹는다//이미 지나간 칼날//무방비의 상태로/부드러운 세상의 살점은 그들 앞에 있다"(「세상횟집」)고 할 때, 행위 주체인 '그들'은 시인의 의도적인 비판 대상으로 설정된 존재들이다. 표면적으로 '그들'은 시인 자신과 독자들을 제외한 삼인칭 다수를 가리킨다. 때문에 이 시의 화자와 행위 주체 사이에는 일정한 거리가 유지되는 것처럼 보인다. 그러나 이 작품이 궁극적으로는 천박한 물질 문명과 그것을 욕하면서도 받아들이는 우리들 자신에 대한 알레고리로 읽히는 순간, '그들'은 곧 '우리들'이

된다. 세상을 '컴컴한 소금물'에 담그는 사람은 다른 누구 아닌 우리들 자신인 것이다. '그들'이건 '우리들'이건 이 시의 주체는 결국 공적인 존재들이다. 「카페 쌍화점에서」는 명령하고 딱 잘라 판단하는 듯한 어조로 시대의 어두움을 노래한 작품인데, 이 시에서 겉으로 드러난 행위의 주체는 미래의 어느 누군가를 지칭하는 '그들'이다. 하지만 이 시의 온전한 주체는 역시 '우리'이다. 시적 자아의 내면 세계를 드러내려는 것이 아니라 외부 세계의 부정적 속성에 대한 비판을 겨냥하고 있기 때문이다. 이밖에도 「겨울 아침 이야기」나 「기차는 소리없이 먼 데서 달려오고」, 「한번 등 돌리면」, 「재앙은 어떻게 오는가」 등의 시편에서 공적인 시적 주체들을 더 만나 볼 수 있다.

이에 비해, 시인의 내밀한 의식 세계와 삶에 대한 생각을 드러내는 개인적 주체 '나'의 경우가 있다. "아직도 자신이 세상의 중심이라 착각하는/깨어날 줄 모르는, 아무 가망 없는/철부지, 내 안의 어린아이, 바로 나/노래하거나 울고 있다./오직 자신만을 아끼며"(「내 안의 어린아이」)라고 할 때, 독자들로서는 이 진술의 진위 여부를 판단하기 힘들다. 그대로 믿을 수밖에 없는, 믿어야 하는 일인칭 주체의 언술 내용은 판단이 아니라 수용과 공감을 전제하기 때문이다. 시적 주체의 이 같은 언술 행위로 말미암아 독자들은 시적 자아의 내면의 한 부분을 거의 그대로 받아들이게 된다. 「분당에 내린 마지막 눈」에서는 "지금 나는 내가 분명히 살았던 높고 작은 감옥에 대해서만 분명하게 말하고" 있다고 못박거나, 「분당에서 울다」에서는 자신의 삶이 도미노 세우기 같다고 인식하는 것 또한 마찬가지이다. 시적 주체가 느끼는 그 도저한 위기 의식은 독자들에게 논리적 사고가 아니라 정서적 감수를 요구한다.

엇갈리듯 보이되 결코 떨어질 것 같지 않은 이 두 세계의 바탕을 이루는 시인의 인식 태도를 잘 드러낸 작품이 표제작 「참 오래 쓴 가위」이다. 이 시의 시적 자아는 자신의 오래된 기억에서 비롯된 믿음을 고집스럽다 싶게 간직하는 사람이다. 그런 의미에서 시인 자신이야말로 '참 오래 쓴 가위' 인지도 모른다.

　　어릴 적 배운, 자석을 만드는 세 가지 방법 가운데 하나
　　쇠붙이 두 개를 한쪽으로만 쉼 없이 마찰하기

이 방법 말고, 자석을 만드는 나머지 방법들을, 시인은 알고 있으나 가볍게 말하거나 있는 그대로 받아들이지는 않는 것 같다. 나는 시인이 그것들을 자신의 방식대로 받아들여 보거나 적어도 그러는 기미를 독자들에게 보여 주었으면 한다. 하여 나날의 삶이라는 우리들의 피치 못할 '가위질' 이 대척점만이 아니라 혼융점도 함께 지니는 자석 만들기라는 사실을 남다르게 드러냈으면 한다. 이번 시집에 실린 「오늘의 노래」 같은 작품은 그 가능성의 한 시작일까? 시인에게 또한 독자에게 남겨지는 물음이다.

**이 희 중** 1960년 경남 밀양 출생. 1997년 《광주일보》, 1999년 《현대시학》을 통해 시인으로, 1992년 《경향신문》을 통해 문학평론가로 등단. 시집으로 『푸른 비상구』, 『참 오래 쓴 가위』 등이 있으며, 평론집 『기억이 지도』와 『현대시의 방법연구』 등의 연구서가 있음. 현재 전주대학교 국어교육과 교수로 재직중.

**이 성 우** 1966년 충북 충주 출생. 고려대 국문학과 졸업 및 동 대학원 국문학과 박사과정 수료. 2000년 《세계일보》 신춘문예로 등단.

전동균 시집 으슬으슬한 저녁답, 가랑잎 부서지는 소리가 ...

함허동천에서 서성이다.

으슬으슬한
저녁답, 가랑잎 부서지는 소리가
자꾸 발밑에서 들렸네

어두워지기 전에 강물은
푸른 회초리처럼 휘어졌다가
흉터 많은 내 이마를 후려치고,
아까보다는 훨씬 더 깊어져
불빛도 안 켜진 사람의 마을 쪽으로
그렁그렁 흘러갔네

─내 눈에는 왜 모래알이
서걱이는지 몰라, 눈을 뜰 때마다
눈 못 뜨게 매운 연기가
어디서 차오르는지 몰라,

─「함허동천에서 오래 서성이다」 중에서

# 그리움의 힘
— 전동균 시집 『함허동천에서 서성이다』, 세계사

김 종 태


『함허동천에서 서성이다』는 『오래 비어 있는 길』에 이어 펴내는 전동균의 두 번째 시집이다. 등단 10년 만에 첫 시집을 냈고 이후 6년 만에 이번 시집을 내었으니, 그의 과작은 그가 얼마나 신중하게 작품을 발표하는지를 눈치채게 한다. 전동균의 시는 예나 지금이나 관념을 극도로 배제하는 투명한 언어들로 엮여 있다. 시어의 결이 맑고 섬세한 것은 그가 그만큼 세상의 나지막한 소리와 숨겨진 모습을 낚아채는 민감한 촉수를 지니고 있기 때문에 가능한 일이었다. 그는 여느 사람들이 그냥 지나쳐 버리기 쉬운 작은 것들 앞에서 주저하고 서성이면서 밑바닥까지 훤한 서정의 우물을 길어 올린다. 그가 형상화하는 세계는 평화롭고 안정된 것인 듯하면서도 그 속에는 고즈넉한 슬픔이 잎맥처럼 뻗쳐 있다. 그리고 그는 그 슬픔을 은근 슬쩍 위로한다. 그러기에 그의 시를 읽고 있노라면 이 세계에 미만(彌滿)한 갈등을 이겨낼 수 있는 평화의 힘을 영혼 깊숙한 곳에 충전하게 된다.

> 죄 없이 살다가/일찍 죽은 영혼들이 돌아오는지/내 집 마당에도
> 잠시 들렀다 가는지
>
> —「앵두나무 곁에서」 부분

자신의 집 마당에 있는 앵두나무 꽃잎들로부터 죄 없는 영혼의 울림을 읽어내는 전동균의 착한 감각은 황혼에서 저녁으로 이어지는 시간에 더욱 민감해진다. 황혼은 지상의 사물 안에 음영을 새겨 넣는다. 저녁은 그러한 음영마저 어둠 속으로 잠적시킨다. 시각이 어둠에 의해서 불편해질 때 그 시각은 문득 나타나는 밝은 불빛에 의해 더욱 고양되기 마련이다. 또한 이때 비로소 더욱 강렬한 감각으로 나타나게 되는 것이 청각이다. 전동균의 저녁은 그리하여 빛과 소리로 가득 차 오른다. 어둠의 시간은 시인이 자신의 실존을 정면으로 맞이하게 되는 시간이다. 그의 시에 황혼과 저녁을 배경으로 하는 작품이 많이 나타나는 것은 이 때문이다.

　　비 그친 11월 저녁/살아 있는 것들의 뼈가 다 만져질 듯한/어스름 고요 속으로/배가 왔다

　　　　　　　　　　　　　　　　　　　　—「배가 왔다」 부분


　　변두리 포장마차 지붕 위로 떨어지는/빗방울, 빗방울 소리

　　　　　　　　　　　　　　　　　—「삐걱대는 의자야, 너도」 부분


　　잎 없는 나뭇가지 사이로/막 켜진 불빛 하나 건너온다

　　　　　　　　　　　　　　　　　　　　　　—「귀가」 부분


　　쌀알 같은 별빛 처마 끝에 띄우고/몇 잔 술과 더불어 지새우는 밤

　　　　　　　　　　　　　　　　　　　　—「물위의 밤」 부분


　인용된 구절들에서 알 수 있듯이, 전동균은 어둠 속에서 더욱 뚜

렷하게 사물의 소리와 모습을 발견하다. 어둠 속에서 되살아오는 빛과 소리는 시인이 미지의 세계로 이끌리도록 부추긴다. 또한 전동균의 시는 그 세계를 껴안고 그것들과 화해하려는 태도를 보인다. 그러한 화해를 위하여 그는 끊임없이 서성인다. 그 서성임 안에는 사물과 교감하는 깊은 사유의 궤적이 존재한다. 그래서 그의 시는 따뜻한 슬픔이 있고 만날 수 없는 것들에 대한 그리움이 있다. 그가 함허동천에서 서성이는 것 역시 바로 이 고달픈 세계를 마침내 사랑하려는 시의식을 밑바탕에 둔다.

> 으슬으슬한/저녁답, 가랑잎 부서지는 소리가/자꾸 발밑에서 들렸네//어두워지기 전에 강물은/푸른 회초리처럼 휘어졌다가/흉터 많은 내 이마를 후려치고,/아까보다는 훨씬 더 깊어져/불빛도 안 켜진 사람의 마을 쪽으로/그렁그렁 흘러갔네
>
> ―「함허동천에서 오래 서성이다」 부분

전동균의 시에는 자기 반성의 목소리가 숨어 있다. 그 소리는 낮고 가는데 오히려 그렇기 때문에 호소력을 지닌다. 그는 "흉터 많은 내 이마"를 이야기하며 자신의 죄를 생각하기도 하고 때론, "잘못 살아왔다고, 너무/아프게 자책하지 말라고" 하면서 스스로를 용서하기도 한다. 전동균이 말하는 아픈 흉터는 맑고 섬세한 마음을 소유한 자라면 여느 누구나 가질 수 있는 것이다. 그는 자신의 상처를 쓰다듬는 행위를 통하여 유사한 아픔을 지닌 자들의 마음을 위무하기 위하여 함허동천을 오래도록 서성인다. "아무것도 보이지 않는 저녁답"인데도 집에 가지 않으려고 떼쓰는 새끼 염소의 마음은 바로 시인 자신의 마음이지 싶다.

    자서에서 "보문사 옆에는 항포지가 있고, 정수사 앞에는 유천수로가 있다. 그 사이를 떠돌다 보니 몇 해가 흘러갔다"라고 소박하게 말하였듯이, 그의 방랑은 그리 특별한 곳이나 먼 곳으로의 여행이 아니다. 그는 항포지와 유천수로 사이를 배회하듯이 여러 갈래 삶의 길을 서성였을 것이다. 그가 어둔 세상 속에서 밝은 빛의 세계를 예지(豫知)하는 것은 다름 아닌 마음 깊숙한 곳에 있는 그리움의 힘 때문이다. 그는 불빛이 깨어나 언덕길을 비추고 사람들이 다시 제 집으로 돌아와 밥상에 둘러앉은 것은 오랜 그리움 때문이라고 하였다.(「그리움의 힘으로」) 그 역시 그리움의 힘으로 여기 단청빛 소담한 시의 절을 지을 수 있었다. 마침내 말해질 수 있는 "간절한 것"을 찾아 떠나는 여정이 영원하기를 바라는 마음 간절하다.

**전 동 균** 1962년 경북 경주 출생. 중앙대 문예창작학과 졸업. 1986년 《소설문학》으로 등단. 시집으로 『오래 전에 비어 있는 길』, 『함허동천에서 서성이다』 등이 있음.

**김 종 태** 1971년 경북 김천 출생. 1998년 《현대시학》으로 등단. 저서로 『한국현대시와 전통성』, 『정지용 시의 공간과 죽음』 등이 있으며, 『 시와 소설을 읽는 문학 교실』, 『정지용 이해』 등의 편저가 있음.

배한봉시집

우포늪 왁새

시와시학 시인선
시와시학사

득음은 못하고, 그저 시골장이나 떠돌던
소리꾼이 있었다, 신명 한 가락에
막걸리 한 사발이면 그만이던 흰 두루마기의 그 사내
꿈속에서도 폭포 물줄기로 내리치는
한 대목 절창을 찾아 떠돌더니
오늘은, 왁새 울음되어 우항산 솔밭을 다 적시고
우포늪 둔치, 그 눈부신 봄빛 위에 자운영 꽃불 질러놓는다
살아서는 근본마저 알 길 없던 혈혈단신
텁텁한 얼굴에 달빛 같은 슬픔이 엉켜 수염을 흔들곤 했다
늙은 고수라도 만나면
어깨 들썩 산 하나를 흔들었다
필생 동안 그가 찾아 헤맸던 소리가
적막한 늪 뒷산 솔바람 맑은 가락 속에 있었던가
소목 장재 토평마을 양파들이 시퍼런 물살 몰아칠 때

—「우포늪 왁새」 중에서

# 시원(始原)으로 가 닿은 혼의 노래

— 배한봉 시집 『우포늪 왁새』, 시와시학사

박 상 건

배한봉 시인의 두 번째 시집 『우포늪 왁새』는 그이의 생명사상에 대한 신념과 철학을 쉽게 가늠할 있게 한다. 우리시대 빼어난 서정시인 박재삼 선생의 제자로서 1984년부터 작품활동을 해온 만만찮은 시력(詩歷)에서 퍼 올린 1억 년 전의 자연의 소리들이 남도의 찰진 가락으로 길어 올려지고 있다. 자연의 혼이 시인의 혼과 맞닿으면서 생명의 불꽃이 일고 혹은 물보라친다. 90년대 많은 생명시가 쏟아지고 문단의 갑론을박이 있었지만 현장성과 시공에 밀착되어 영혼의 심연에서 끌어 울려진 가락들은 그리 많지 않았다. 향토적이면서 지역성에 머물지 않고 나즈막한 울림이면서 철철 넘쳐나는 생명력을 견지한 가락과 자연(우주)에 대한 경외, 겸허함이 동시에 배인 시집이 『우포늪 왁새』이다.

나는 지금 1억 년 전의 사서(史書)를 읽고 있다
빗방울은 대지에 스며들 뿐만 아니라
물 속에 북두칠성을 박아 놓고 우주의 거리를 잰다
신호처럼 일제히 귀뚜리의 푸른 송신이 그치고
들국 몇 송이 나즉한 바람에 휘어질 때
세상의 젖이 되었던 비는, 마지막 몇 방울의 힘으로
돌 속에 들어가 긴 잠을 청했으리라

구름 이전, 미세한 수증기로 태어나기 전의 블랙홀처럼
시간은 그리움과 기다림을 새긴 화석이 되었으리라
나는 지금 시(詩)의 문을 열고 뚜벅뚜벅 걸어오는
1억 년 전의 생명선(線) 빗방울을 만난다
사서(史書)에 새겨진 원시적 우주의 별자리를 읽는다

　　　　　　　　　　　　　　　　—「빗방울 화석」 전문

　우포늪은 한마디로 물에 젖은 땅을 일컫는 습지이다. 다양한 생
물군의 공간이자 생명의 뿌리이다. 눈 내린 적막한 우포에 큰기러
기 소리 적시고 나면 봄빛 흔들어 쌓는 버드나무 아래 불붙는 자운
영이 가슴을 환장하게 만든다. 개구리밥이며 가시연꽃도 수면위로
피어나고 쇠물닭, 꾀꼬리의 노래도 여울진다. 이 시집의 표제가 된
왁새(왜가리)도 왜~액 왜~액 하는 울음소리를 낸다. 이런 생명의
원류는 약 1억 4천만년 전으로 거슬러 올라간다. 시인은 어느 날 이
늪에 떨어지는 빗방울을 통해 1억 년 전으로 스며들어간 것이다. 실
제로 우포늪에서 공룡 발자국 화석과 빗방울 화석이 발견된 바 있
다. 빙하기 이후 녹은 물이 강을 거쳐 바다로 가고 바닷물이 넘쳐
강 주변을 다시 넘치면서 자연 둑이 만들어지고 둑 안에 물이 고여
우포늪을 형성하기까지의 과정을 이 시 한편으로 쉽게 들여다보게
한다. 한편으로 시인의 상상력과 맑은 영혼에 꿈틀대는 생명사상을
읽어낼 수도 있다.
　태고의 신비 속으로 빨려 들어간 시인, 한 방울의 물로 감정이입
된 시인은 우포늪 심층을 뚫고 스며들어간다. 빗방울이 된 시인의
영혼은 그 빗줄기(생명선)를 타고 다시 세상에 나온다. 始原을 연
다. 다시 저 우주의 별자리를 읽는다. 新生하는 우포늪의 광경이 선

명 투명하게 그려진다. 번개처럼 시인의 영혼이 반짝이며 1억 년 전과 1억 년 후의 거리를 잰다. 독일 시인 괴테는 인생은 사랑이며 생명은 정신이라 했다. 이 시집의 여러 작품에서 이런 현장성을 담보한 우포의 아름다움을 만끽할 수 있게 해준다. 시인의 체험에서 빚어낸 시편들 속에서 그이의 우포에 대한 사랑의 힘이 얼마나 깊은가를 알 수 있다. 그 현장성에 가락이 딱딱 달라붙어 있다. 이런 시를 착상할 수 있는 모태는 혼(魂)의 공기라고 말해도 좋으리라. 우포를 떠돌면서 그이의 영혼에 스며든 바람이거나 생각들이 너무, 너무나 자연스럽게 풀어져 나온 것이다. 99년 11월 직장 생활을 과감히 청산하고 가난한 전업의 길로 들어섰던 시인. 월급쟁이에서 월급 한 푼 주지 않는 70만평의 우포늪에 육신을 던진 그이에게 처음 우포는 진공상태를 느끼게 했다. 시 한 편 쓸 수 없었다. 자연은 그런 것이다. 비워 낸 가슴에 사유의 공기를 압축한다. 자연에서 뿜어대는 산소가 가슴에 가득 찼을 때 가벼워진 그이의 육신에 진정한 한가함이 찾아들었을 터. 한가함은 철학의 어머니. 유유자적할 줄 알고 현실의 가난과 자연 속의 가난이 어떻게 다른가를 터득했을 터. 최소한 그이는 녹색자연과의 친구이고 녹색생명의 부자이다. 그렇게 자연에 가슴 내려놓고 산지 3년만에 시집 '우포늪 왜새'를 잉태한 것. 이제는 말한다. "득음도 못하고 그저 시골장이나 떠돌던/소리꾼"은 "신명 한 가락에/막걸리 한 사발이면 그만이"었다가, 이제는 "늙은 고수라도 만나면/어깨 들썩 산 하나를 흔들"줄 안다. 그렇게 줄창진 노래를 부르는 왜가리처럼 저 늪을 날 수 있는 소리꾼은 전업의 길을 걷는 고통에 찬 바람 앞에서 다시금 말한다. "가난한 사랑을 아름답게 하는 것은/빵이 아니라 함께 갈 수 있는 길"이라고. "우리의 사랑이 아름다운 것은/마지막 어둠 배웅하는 지상의 등불을 위해/기꺼이 더 가난해질 수 있기 때문"이라고.

배 한 봉 경남 함안 출생. 1998년 《현대시》를 통해 등단. 시집으로 『흑조(黑鳥)』, 『우포늪 왁새』 등이 있음. 현재 계간 《시와 생명》 편집위원 및 웹진 《시향(詩鄉)》 주간.

**박 상 건** 1991년 《민족과 지역》을 통해 작품활동 시작. 2003년 《현대시》를 통해 재등단. 민족문학작가회의 회원. 한국기자협회 자정운동추진위원장, 《뿌리깊은나무》, 《샘이깊은물》 편집부장 역임. 현재 섬문화연구소 이사장, 계간 《섬》· 계간 《오크노》 발행인, 문화선교대학원대학교 문창과 교수.

내 잠 속의 모래산

이장욱 시집

민음사

이장욱

　그 남자가 사는 곳은 유리의 성, 유리의 성에 햇빛 따뜻한 날 그 남자, 유리 성벽 아래 앉아 유리의 책을 뒤적이지 양철 같은 산 너머 저편으로만 흘러가는 유리 구름, 언제나 그렇듯 그때도, 대체로 견딜 만했었다고 생각하네 그때도 유리 구름 아래를 지나는 풍경들, 가령 와글와글 골목을 뛰어가는 유리의 아이들과 종점에 서서 몰래 우는 유리의 여자 그리고 여자 곁에 숨죽여 벋은 유리의 나무들이 있었을 뿐

　(중략)

　그렇지, 나는 아무것도 대적하지 않는 구름, 유리의 남자는 너무 얇아 투명한 제 몸을 무심히 어루만지지 이제 곧 깨어질 듯한 손목과 손가락 위로 그 남자, 아주 희미하지만 붉어 흐르는 실개천 바라보지 그 물결 위로 반짝이며 내려앉는 유리 햇빛이 있었으나 아직 그 남자가 사는 곳은 유리의 성, 오늘도 바람은 불고 대체로 견딜 만하네 그러니까 가령, 아무것도 생각지 않는 가을날일 뿐

　―「유리의 성」 중에서

# 거리 위의 생각하는 사람

― 이장욱 시집 『내 잠 속의 모래산』, 민음사

진순애

이장욱의 시집, 『내 잠 속의 모래산』은 거리를 장식하는 간판에서 출발하여, 거리에 일렁이는 도시의 모래바람 따라, 그리고 거리 위에서 서성이는 시인의 카오스적 혹은 코스모스적 사유의 세계를 유영한다. 거리의 풍경도 흐르고 언어도 흐르며 시인의 상상력도 흐르고 시인도 흘러간다. 중심도 없고 주변도 없이 모두 흩어져 부유하는 모래바람의 풍경 같은 시의 얼굴이다. 순간을 붙잡은 시인의 사유지만 순간적으로 또다시 흩어진다. 뿌리로의 탈출로 시작된 낭만주의의 해방이 자유의 해방을 지나쳐, 집없음의 방황을 집으로 삼는 지향없는 개인주의의 초상화를 담고 있는 모래산의 풍경이다. 그것은 현대의 초상이며, 허무 혹은 허무주의적, 그리고 부끄러운 성찰이 은밀히 내재된 거리 위의 이장욱의 자화상이기도 하다.

'밤새도록 점멸하는 가로등'이 있는 거리, '어느 이상한 날에 정오를 지나 새벽을 지나 오후 네시를 지나 그리고 어느 이상한 날에 빈 공터와 당구장과 동대문 운동장을 지나 문득 흥겨운 술집의 죽은 친구의 화사한 여자들의 기나긴 과거를 걸어가는' 어느 이상한 날의 거리, '무언가를 향해 필사적으로 도열해 가는 간판들. 시월의 태양 아래 혼자 끓는 육체'가 있는 거리, '붉은 우체통이 젖어가는 거리'의 풍경, '유리 바람이 칼끝처럼 흩날리는 거리에서 그 남자, 금간 안경을 겨우 고쳐 쓸 뿐', 아무것도 생각지 말라고 그 남자가 말하는 허무만이 흐르는 거리 위에서 이장욱도 생각하는 사람으로 흩어진다.

정지없이 흐르는 바람의 거리 위에서 이장욱이 꿈꾸는 것은 '객사' 다. '객사만이 나를 완성' 할 것이라고 한다. 죽음으로의 완성을 향한 성찰의 시간은 객사라는 거리의 개인적인 불행 앞에는 주어져 있지 않다. 객사로 미완의 완결을 어느 날 돌연 맞게 될 뿐이다. 그래서 결론은 '아무것도 생각할 수 없으므로, 아무것도 생각지 말라' 는 외침에 귀기울이게 되는 폐쇄된 풍경이다. 생각하는 행위가, 꿈꾸기가 무의미하다는 허무의 결론에 생각의 결과는 다다른다. 집없음의 자유가 주는 목적부재의 귀결이다. 이제 그 자유는 삶도 죽음도 상투적이게 한다. '상투적인 죽음 속에 끼여든 수많은 평생' (「상투적」)처럼 인생은 상투적이어서 살기 어렵지만, '상투적인 사내, 문득 참을 수 없는 울음' 을 터뜨리기는 한다. 그럼에도 거리의 죽음은 상투적인 개인적인 불행일 뿐이다.

시작도 끝도, 의미도 무의미도 구별없는 이장욱의 조준과 흐름은 적막하다. 그러므로 하늘 없는 바람부는 거리의 만남은 필연이 아니라 우연의 관계망이다. 아니 필연은 원래 우연이었고, 어느 날 필연이라고 못박게 되었을 것이다. 그래서 이제 원래의 자리로 찾아가기 위한, 혹은 새로운 필연을 위하여 혼돈의 시간이 필연을 분산시키고 있는지도 모를 일이다. 질서의 오랜 중심이 붕괴되는 과정의 세부를 이장욱은 치밀하고 섬세한 사유의 언어로 재현한다. '다시 햇빛/우리의 어깨를 사선으로 횡단하는 칼날들' (「농담」), '여자아이들의 시간이 건들거리며 LG 25시의 적요를 걸어나온다' (「감자에 싹이 나고」) 등 은유의 낯설은 거리도 깊다. '오늘도 바람은 불고 대체로 견딜 만하네 그러니까 가령, 아무것도 생각지 않는 가을

날일 뿐'(「유리의 성」)처럼 '대체로 견딜 만하면' 생은 그런대로 괜
찮은 것이라는 우연에 맡겨볼 일이라고 말하고 싶어하는 듯하다.
'하늘과 바람과 별과 시'가 은밀히 살았던 거리에서는 우물 속에는
달이 밝고 구름이 흐르고 하늘이 펼쳐지고 파아란 바람이 불고 가
을이 있고 추억처럼 사나이가 있었지만, 이제 그 사나이는 「유리의
성」에서 「투명인간」이 되어 추억없는 모래의 거리를 표류한다.

  '내 몸은 불꺼진 방에 안장되고, 지상의 빛이 녹아 사라진 시간,
문득 눈을 뜨면 내 곁에 누군가 모로 누워 있는'(「지나치게 낙관적
인 변신 이야기」) 이때, 백골 몰래 아름다운 또 다른 고향에 갈 수
있는 꿈이 없는 거리에서 꿈꾸기란 지나치게 낙관적으로 보이기도
한다. 그럼에도 시의 지하에 부끄러운 성찰을 은밀히 묻어둔 이장
욱의 사유 속에 신뢰는 여전히 있는 것 같다. 희망없는 거리의 언표
는 혼돈을 건너는 그의 남다른 전략일 것이므로.

**이 장 욱** 서울 출생. 고려대 노문과 및 동대학원 졸업. 1994년《현대문학》으로 등단.
시집 『내 잠 속의 모래산』이 있음.

**진 순 애** 성균관대 독어독문학 및 동 대학원 국어국문학과 졸업. 1994년《문학사상》
으로 등단. 현재 성균관대학교 강사.

거미

박성우 시집

참비시선
219

창작과비평사

박성우

공중에 발자국을 찍으며 나는 새가 있다
제 존재를 끊임없이 확인하기 위해
지나온 흔적을 뒤돌아보며 나는 새가 있다

그 새는 하늘에 발자국이 찍혀지지 않을 땐
부리로 깃털을 하나씩 뽑아 던지며 난다
마지막 솜털까지 뽑아낸 뒤엔
사람의 눈으로 추락하여 생을 마감한다

—「새」 중에서

# 허공에 지은 집

— 박성우 시집 『거미』, 창작과비평사

강 경 희

박성우의 『거미』는 한없이 나약한 인간 존재의 고통을 형상화한 시집이다. 그의 고통의 뿌리는 가난이다. 가난의 문제는 과거로부터 연유된 것들인데 여전히 아물지 않은 채 그를 끊임없이 괴롭힌다. 가혹하리만큼 현실의 문제를 넘어서지 못했던 무력한 아버지, 고꾸라질 것같이 힘겨운 생을 견디는 어머니, 그 속에서 생솔 태우는 연기보다 더 매운 눈물을 배워야만 했던 누이들에 대한 아픈 기억. 그에게 있어 가난은 치욕이며 악몽이다. 그것은 마치 "완벽한 죽음에 다다르기 전에는 / 몸 구석구석에 남아 있는 신경들이 / 아직 살아 있다는 것을 수시로 확인"(「표본」) 시켜주는 것과 같이 끔찍하고 살벌한 삶을 의미한다. 이처럼 온몸과 정신을 전율케 하는 삶의 고통을 새겨 넣는 것이 그의 시작업의 근원이다.

　시인의 불우하고 가난했던 삶의 흔적을 직접적이며 구체적으로 확인할 수 있는 「감꽃」, 「생솔」, 「누에」, 「두꺼비」와 같은 시편들은 꿈을 환멸로 바꿔버려야 했던 유년의 상처가 주름져 있으며, 「개구리 밥」, 「귀퉁이」, 「미싱 창고」, 「방」, 「정읍역」, 「반나절 혹은 한나절」과 같은 시편들에서는 여전히 감당하기 힘든 현실의 중압감으로 인해 왜소해진 절망적 자아가 중첩되어 있다. 그의 좌절과 절망은 현실의 문제를 감내하려는 인내와 노력이 부재했기 때문이 아니라, 삶에 밀착될수록 현실로부터 미끄러지고 소외되는 존재의 비극성

274

에 있다. 이는 "떨어져나가야 했을 귀퉁이에 불과"(「귀퉁이」)하다
는 잉여적 존재로서의 실존적 불안이며, "발목 닿지 않을 것 같은
내일"(「개구리밥」)과 같이 불투명한 미래에 대한 위기감이며, "죽
음이 살 속으로 천천히 들어"(「몸에 맞는 그릇」)가는 것을 지켜보아
야만 하는 존재의 허무감이다. 이는 거역할 수 없는 삶의 비애로 표
출된다.

　하지만 시인은 결코 비명을 지르지 않는다. 이는 비명을 지를 수
있는 힘이 남아있지 않아서가 아니다. 오히려 비명조차 거둬드릴
만큼 자신의 비극적 상황을 철저하게 객관화하고 내면화하려는 태
도에서 기인한다. 그것은 개인적 상처와 아픔을 부정하거나 회피하
거나 과장하지 않으려는 자기 응시가 낳은 결과이다. 이 점이 가난
을 소재로 한 수많은 시편들 속에서도 박성우의 시를 진부하지 않
게 만들며 새로운 감동을 이끌어내는 점이다. 자신의 개인적 상처
와 내적 체험을 애써 감추거나 부풀리지 않고 세상의 보편적 문법
에 기대어 발성할 줄 아는 것은 그가 이미 시적 미의식을 터득했음
을 의미한다. 그 때문인지 박성우에겐 젊음의 치기와 모험보다는
성숙을 넘어선 늙음의 냄새까지 풍긴다. 그것은 저리고 안쓰럽다.

　박성우의 시적 토대는 분명 가난이다. 하지만 그가 도달하고자
하는 것은 결코 지상의 비루한 삶으로 종결되지 않는다. "제 존재를
끊임없이 확인하기 위해 / 지나온 흔적을 뒤돌아보며 나는 새"
(「새」)처럼 '나를 잠시 버리고' 고치를 벗어난 '배추흰나비떼'(「봄
소풍」)의 날갯짓처럼, 그는 간혹 허공에 자신의 그림자를 드리운다.
그것은 추락하는 세상의 모든 것들에게 가벼운 날개를 달아주고 싶
은 시인의 따뜻한 마음일 게다. 이 인간적 온기가 그를 지탱시켜온
원동력인지도 모른다. 하지만 허공에 매달린다는 것은 얼마나 위태

로운가? 지상의 온전한 집이 아닌 허공에 존재의 집을 짓는 그 무상의 몸짓은 얼마나 험난할까? 부디 세상의 시련으로부터 그의 시의 날개가 꺾이지 않기를 바란다.

**박 성 우** 1971년 전북 정읍 출생. 원광대학교 문예창작과 졸업. 2000년 《중앙일보》 신춘문예로 등단. 시집으로 『거미』가 있음.

**강 경 희** 숭실대 국문과 석사 및 동 대학원 박사 수료. 2001년 《문화일보》 신춘문예로 등단. 현재 숭실대, 호서대 강사.

# 백 년이 지나도 사랑받을 '오늘의 시'

……정말 시밖에 쓸 줄 몰라서 세상살이에 어두운, 그래서
세상도 잘 알아보지 못하는 시인들을 발굴하여
그의 시를 소리내어 읽고 싶은 욕심으로
이 책을 엮는다.
『2002 '작가'가 선정한 오늘의 시&시조』, 「펴내면서」에서

1.

『2003 '작가'가 선정한 오늘의 시』는 지난해와 다른 방식으로 작품을 선정했다. 보다 공정성을 기하고 많은 사람들이 참어할 수 있도록 '설문조사' 형식을 취한 것이다.

250여 명의 시인, 평론가, 출판·편집인으로 추천위원을 구성하여 설문지를 발송했다. 묵묵부답으로 일관한 분도 있었고, 이 선정작업에 참여하지 않겠다는 의사를 밝혀온 분도 있었다. 지난 한 해 동안 문예지를 많이 접하지 못해 자신은 자격이 없는 것 같다고 말한 분도 있었고, 익명으로 추천을 한 분도 있었다. 그리고 나중에 전화를 걸어와 도움을 주지 못해 미안하다는 말을 전한 분도

있었다. 최종적으로 114명의 추천위원이 선정작업에 참여했다. 이만하면 만족스러운 결과를 얻었다고 생각한다. 설문 내용은 '지난 한 해 동안 문예지에 발표된 시 가운데 좋은 시 5편'과 '지난 한 해 동안 출간된 시집 가운데 좋은 시집 2권'을 추천해달라는 것이었다.

다수 추천을 받은 순으로 좋은 시를 선정한다는 원칙을 세웠으나, 곧 혼선이 빚어졌다. 시집의 경우 추천 횟수에 따른 집계가 용이했으나 시의 경우에는 달랐다. 예를 들어, 어떤 시인의 경우는 한 편의 작품이 집중적으로 추천을 받아 '좋은 시'로 선정될 요건을 갖춘 데에 반해, 어떤 시인은 무려 다섯 편의 시가 제각각 1회씩 추천을 받는 바람에 제외되는 일이 발생한 것이다.

원칙을 수정해야 했다. '시'냐 '시인'이냐. 결국 기획위원회와 〈작가〉 편집부는 시인 쪽에 비중을 두기로 했다. 하나의 작품이 집중적으로 조명되지는 않았지만 고른 시작활동으로 인해 많은 추천을 받은 시인을 배제할 수는 없었기 때문이다. 결국 선정 기준을 시와 시인을 통틀어 3회 이상의 추천을 받은 경우로 수정했다. 그 결과 78편의 좋은 시와 21권의 좋은 시집이 선정되었다.


2.

『2003 '작가'가 선정한 오늘의 시』 선정과정을 좀더 자세히 전하고자 한다.

도서출판 〈작가〉는 2002년 1월 15일부터 250여 명의 추천위원에게 추천서를 반송용 봉투와 함께 발송했다. 추천 최종 마감일은 2월 5일이었다. 그 결과 모두 114명(무기명 1명 포함)이 추천을 했으며, 추천된 작품은 총 378편이었다.

좋은 시로 선정되는 기준은 시와 시인을 통틀어 3회 이상 추천받은 경우로 했다. 한 시인이 여러 작품을 고르게 추천을 받은 경우에는 본인에게 시를 선정하도록 했다. 이에 따라 시 68편과 시조 10편을 좋은 시로 선정하였다. 시집의 경우는 총 67권의 시집이 추천되었으며, 이 중 5회 이상의 추천을 받은 21권의 시집을 선정했다.

가장 많은 추천을 받은 작품은 신경림의 「낙타」(《창작과비평》 2002 겨울)로 모두 9명의 추천위원들로부터 추천을 받았다. 그리고 「젊은 날의 결」(황동규), 「얼음 물고기」(김명인), 「풍장의 습관」(나희덕), 「의자」(이정록), 「저녁 스며드네」(허수경) 등의 작품이 5명 이상의 추천을 받았다.

가장 추천을 많이 받은 시인 역시 신경림으로(14회) 나타났다. 그 다음으로는 13회 추천을 받은 나희덕 시인이었고, 김명인 · 이성복 시인이 각각 9회, 장석남 · 이정록 시인이 각각 8회의 추천을 받았다.

가장 많은 작품을 추천받은 시인은 김명인, 장석남으로 각각 6편씩 추천받았다. 다음으로 신경림, 오세영, 정일근, 이성복, 문인수, 손정순 시인이 각 5편씩, 고형렬, 김기택, 나희덕, 문태준, 박주택, 손택수, 이수명, 이정록, 천양희, 함민복 시인이 각 4편씩 추천을 받았다.

시집의 경우에는 일찌감치 상위권에 자리잡은 두 시집 사이에 아주 재미있는 양상이 벌어졌다. 박형준 시인의 『물속까지 잎사귀가 피어 있다』(창작과비평사)와 박성우 시인의 『거미』(창작과비평사)가 그 주인공. 추천위원의 답변이 도착할 때마다 두 시집의 추천횟수가 엎치락뒤치락하여 경쟁을 벌였는데, 결국 『물속까지 잎사귀가 피어 있다』가 20회의 추천을 받아 『거미』(19회)를 1회 차이로 따돌

렸다. 이외에 김명인 시인의 『바다의 아코디언』(11회), 배한봉 시인의 『우포늪 왁새』(8회), 신경림 시인의 『뿔』(7회), 이홍섭 시인의 『숨결』(7회), 정병근 시인의 『오래 전에 죽은 적이 있다』(7회) 등도 많은 추천을 받았다.

3.
그렇다면 어떤 문예지에 실린 시들이 가장 많은 추천을 받았을까? 물론 문예지의 경우 월간, 격월간, 계간, 반년간 등 1년 내에 발간하는 횟수가 제각각인 데다가 그 성격도 시전문지, 종합문예지 등으로 구분되어 지면에 할애되는 시의 편수가 차이를 보이기 때문에 시가 가장 많이 추천되었다고 해서 그 문예지가 '좋은 시를 가장 많이 배출했다' 고는 볼 수 없을 것이다.

이러한 점을 고려하고 정리하면, '좋은 시'가 가장 많이 추천된 문예지는 월간 시전문지인 《현대시학》(29편)이었고, 다음으로는 《현대시》(25편)였다. 계간 시전문지 가운데서는 《시로여는세상》이 15편으로 가장 많은 작품이 추천되었으며, 《애지》(13편), 《시안》(11편), 《시작》(11편), 《시와정신》(10편), 《시와시학》(9편) 순이었다. 월간 종합문예지인 《현대문학》과 《문학사상》은 각각 24편, 23편으로 추천 편수에서 거의 차이를 보이지 않았다. 계간 종합문예지의 경우는 《창작과비평》(22편)이 가장 많이 추천되었으며, 《내일을여는작가》(14편), 《문학동네》(12편), 《문학과사회》(10편), 《실천문학》(9편), 《세계의문학》(9편), 《문예중앙》(8편), 《문학과경계》(8편), 《작가세계》(6편), 《문학인》(6편), 《문학 판》(6편), 《동서문학》(5편) 순이었다.

시조전문지의 경우에는 《열린시조》, 《시조시학》, 《시조21》, 《시조월드》, 《시조세계》, 《대구시조》, 《경남시조》 등에서 고르게 작품이 추천되었는데, 이 가운데《열린시조》(7편)가 가장 많은 추천 편수를 기록했다.

시집은 창작과비평사에서 출간한 시집이 모두 11권으로 가장 많이 추천되었으며, 이 외에 문학과지성사(8권), 천년의시작(7권), 실천문학사(6권), 민음사(5권) 등의 시선도 많은 추천을 받았다.

계절별로 추천 편수를 살펴보면, 봄 62편(16.4%), 여름 84편(22.2%), 가을 99편(26.2%), 겨울 133편(35.2%)으로 연말에 가까울수록 추천 편수가 늘어나는 추세를 보였다. 『2003 '작가'가 선정한 오늘의 시』 설문지를 발송한 시기는 2003년 새해가 막 밝았을 무렵이었으므로 아무래도 추천위원들의 뇌리에 남은 시들은 시기적으로 가까운 가을, 겨울에 발표된 것들이었을 가능성이 크다. 이 점에서 설문조사 방식의 문제점이 드러난다. 가을이나 겨울에 발표된 시들에 비해 봄, 여름에 발표된 시들이 추천위원의 시선에서 벗어날 여지가 있는 것이다. 따라서 앞으로『오늘의 시』를 상반기와 하반기 두 번에 걸쳐 간행하거나 설문조사 범위를 보다 확대하고 추천 제도와 선정위원 제도를 병행하는 등의 다각적인 모색을 통해 문제점을 개선해나가야 할 것이다.


4.

황동규 시인의 시 가운데「젊은 날의 결」이 가장 많은 추천을 받았지만, 시인의 이해를 구해「다시 마르는 이파리」를 싣게 되었다. 그리고 허수경 시인의「저녁 스며드네」는 추천위원들의 많은 추천에도 불구하고 시인과 연락이 닿지 않아 싣지 못했음을 밝힌다.

『2003 '작가'가 선정한 오늘의 시』는 시인, 평론가, 출판·편집인 등 많은 분들의 참여로 만들어진 책이다. 작품 추천에 응해주신 분들과 설문지를 받고 잠시나마 고민했을 모든 분들께 깊이 감사드린다. 그리고 촉박한 시간에도 불구하고 시집 서평을 써주신 분들께도 감사를 드린다.

2003년 2월
도서출판 〈작가〉 편집장 이양훈

# 【추천 시 목록】

강문숙 분재, **강성철** 슬픈 아일랜드, **강연호** 틈/표정/신발의 꿈, **강우식** 토마토를 혼자 먹는 법, **강은교** 봄, 밀물/은빛 자루의 추억, **강인한** 라일락나무에서 흐르는 밤, **강해림** 팽이, **강현국** 세한도2, **강형철** 손톱 깎는 남자, **고은** 김학철 선생의 죽음, **고재종** 배접의 시/천지간에 살구꽃 흩날릴 때, **고진하** 월금(月琴)/춤추는 달팽이, **고형렬** 새벽풀/千手/ 선상의 시/개금불사, **곽재구** 구룡포 가는 길, **권혁웅** 내게는 느티나무가 있다/문 밖에서, **권현형** 그 꽃이 그 여름의 그늘을 다 가진 듯했네, **길상호** 버들 방앗간/오동나무 안에 잠 들다, **김강호** 처형, **김경미** 밤, 속옷 가게 앞에서, **김경윤** 논물 드는 저물 무렵/그 겨울의 弓港, **김근** 우물, **김기택** 소/그들의 출루/흰 스프레이/명태, **김남조** 보통사람, **김만수** 나 무 전봇대, **김명인** 흐르는 물에도 뿌리가 있다/외로움이 미끼/장엄 미사/꽃을 위한 노트 /비밀/얼음물고기, **김백겸** 산수화/대악(大樂), **김사인** 부뚜막에 쪼그려 수제비 뜨는 나 어린 처녀의 외간 남자가 되어/새끼발가락과 마주치다/풍경의 깊이, **김상미** 꿈, **김선우** 범람/흰 소가 길게 누워/오, 고양이, **김선태** 놋세수대야/세한도, **김소연** 이 순간, **김승희** 유허, **김여정** 꽃장미, **김영남** 아줌마라는 말을/몽대항 폐선, **김영래** 큰개자리 여인숙, **김 영승** 내 생각……, **김영재** 삼도봉, **김용락** 계란장사/참회록, **김재석** 보림사 산각나무, **김 종태** 사이다 먹는 노파, **김지하** 절, 그 언저리, **김지헌** 그늘 깊은 집, **김창완** 월정역에서, **김춘수** 제삼십이번 비가/제십번 비가/제십일번 비가, **김충규** 하혈 못하는 두 개의 달/해 변여관, **김태정** 내 유리 길목/울어라 기타줄, **김태형** 들어가서 여는 방 **김해자** 인연/와이 키키 시스터즈, **김해화** 아내의 봄비, **김형술** 독서, **김형식** 쓸쓸함에 대하여, **김형영** 뱀, **김혜순** 백년 묵은 여우/봄비, **나태주** 하이에나, **나희덕** 사라진 손바닥/여, 라는 말/연두 에 울다/풍장의 습관, **노향림** 경계, **류인서** 탈주로, **마종기** 목련, 혹은 미미한 은퇴, **맹문 재** 말일/뿔, **문인수** 나비/쉬/성묘/철자법/대숲, **문정희** 율포의 기억/아파트 동굴, **문태준** 혁/묵언/저녁에 대해 여럿이 말하다/붉은 동백, **민병도** 장국밥/소나무 그림자, **민영** 칸 다하르 편지 **박구하** 백년의 유랑, **박권숙** 천마총13, **박규리** 가을비/무서운 잠/그 변소간 의 비밀, **박기섭** 시월, **박남준** 이름 부르는 일, **박두규** 고향/못난 그리움/고향 이야기12, **박라연** 목계리에서, **박상천** 믿음 혹은 배반에 대하여, **박서진** 황제, 생기셨나요, **박시교**

**무** 냉장고/푸른개/저수지, **이재훈** 산책, **이정록** 목련나무엔 빈 방이 많다/의자/나무젓가락의 목덜미는 길고 희다/산 하나를 방석 삼아, **이정환** 삽/가구가 운다, 나무가 운다/인각사, **이종문** 열반/갈피의 시/화살, **이종진** 꽃 피는 너, **이지현** 어떤 코미디, **이진영** 수련(垂蓮), **이태선** 암각화, **이태수** 술타령12, **이하석** 나의 시/주사, **이홍섭** 흰 장갑/지푸라기, **임강빈** 수평선, **임영조** 성선설, **장만호** 소리들, **장석남** 내일도 마당을 깨겠다/옛 친구들/시인은1/목도/다시 오동꽃/稚拙堂記, **장석원** 이카루스 나무, **장석주** 막사발, **장철문** 내 복통에 문병 가다, **전동균** 동지 다음날/주먹눈, **전정희** 환생, **정끝별** 춘수(春瘦), **정병근** 오동나무, 생을 다하다, **정복여** 저 허공에 수많은 색깔들이, **정수자** 그 사이/시간의 입술/여여, **정영주** 쪽방이 있는 어떤 골목, **정일근** 죽비/식구3/서리꽃/마음이 머무는 곳에/가을 전어, **정정용** 하늘 위에 경포, **정진규** 초겨울/초야에 묻히다, **정철훈** 이명, **정해종** 라일락, **정현종** 흰 종이의 숨결, **정혜옥** 겨울나무, **정희성** 태백산행/그 안경 너머로 나를 쏘아보고 있었다, **조기조** 어린 별들, **조영서** 포커페이스, **조영일** 감꽃, **조원진** 그집, **조은** 따뜻한 흙, **조정권** 주검 노래5, **조진태** 절망에 빠진 그에게 나는 다만, **조혜영** 편견, **진수미** 아비뇽의 처녀들, **차창룡** 이슬, **천양희** 마을은 없다/구르는 돌은 둥글다/노을 시편/마음의 달, **최문자** 끝을 더듬다/벼랑 앞의 시간, **최미순** 복도, **최리을** 건조대, **최승자** 이런 시/한 아이가 파랗다, **최승호** 구름들/하루로 가는 길/여울, **최영철** 밤에/다대포 일몰, **최종천** 침묵의 언어/입주/自轉車와 自動車, **최정례** 칼과 칸나꽃/자기 시집 읽는 밤/성냥공장 아가씨, **최하림** 메밀밭에서는/개원에서 추부로, **하종오** 시어미가 며느리년에게 콩심는 법을 가르치다/빈 돼지우리, **하재연** 오래된 침대/듣는 사람/그때, **한광구** 화요일밤, **한명희** 방이 하나뿐인 여관, **한승태** 사랑은 언제나, **함기석** 불안, **함민복** 식목일/어민후계자 함현수/딱딱하게 발기만 하는 문명에게/나이는 왜 절박한가, **함순례** 사랑병, **허만하** 내호리 감나무/흙의 꿈/귀가, **허수경** 저녁 스며드네/별을 별이, **허영자** 마음, **허혜정** 주유소, **홍은택** 선인장의 편지1, **홍일선** 매향리에 관한 명상/무심한 불빛들이 그리운 때, **홍일표** 시, **황규관** 폭설, **황동규** 젊은 날의 결/마르는 이파리, **황봉구** 소스타코비치의 아다지오, **황인숙** 공작소 거리/공터/아, 해가 나를

## 【추천 시집 목록】

**강은교** 시간은 주머니에 은빛 별 하나 넣고 다녔다, **강형철** 도선장 불빛 아래 서 있다, **고형렬** 김포 운호가든집에서, **김교한** 대, **김명리** 불멸의 샘이 여기 있다, **김명인** 바다의 아코디언, **김영재** 겨울별사, **김용범** 오래된 러브레터, **김은령** 통조림, **김중** 거미는 이제 영영 돼지를 만나지 못한다, **김지하** 화개, **김형술** 나비의 침대, **나태주** 산촌엽서, **노미영** 일 년 만에 쓴 시, **도종환** 슬픔의 뿌리, **류경일** 흙비, **마종기** 새들의 꿈에서는 나무 냄새가 난다, **맹문재** 물고기에게 배우다, **민병도** 슬픔의 상류, **민용태** 민용태 시선집, **박서원** 모두 깨어 있는 밤, **박성우** 거미, **박영근** 저 꽃이 불편하다, **박찬일** 나는 푸른 트럭을 탔다, **박태일** 풀나라, **박형준** 물속까지 잎사귀가 피어 있다, **배한봉** 우포늪 왁새, **변의수** 달이 뜨면 나무는 오르가슴이다, **복효근** 누우떼가 강을 건너는 법, **신경림** 뿔, **안경원** 팔월, **양문규** 영국사에는 범종이 없다, **오세영** 잠들지 못하는 건 사랑이다, **오탁번** 벙어리장갑, **이기와** 바람난 세상과의 블루스, **이면우** 저녁은 두 번 오지 않는다, **이명수** 왕촌일기, **이사라** 시간이 지나간 시간, **이순현** 내 몸이 유적이다, **이승훈** 인생, **이안** 목마른 우물의 날들, **이은봉** 내 몸에는 달이 살고 있다, **이장욱** 내 잠 속의 모래산, **이재무** 위대한 식사, **이정환** 가구가 운다, 나무가 운다, **이진수** 그늘을 밀어내지 않는다, **이진심** 불타버린 집, **이향지** 내 눈앞의 전선, **이홍섭** 숨결, **이희중** 참 오래 쓴 가위, **임강빈** 쉽게 시가 씌어진 날은 불안하다, **임동윤** 나무 아래서, **임영조** 그림자를 지우며, **장석주** 물은 천 개의 눈동자를 가졌다, **전남진** 나는 궁금하다, **전동균** 함허동천에 서성이다, **정병근** 오래 전에 죽은 적이 있다, **정세기** 겨울산은 푸른 상처를 지니고 산다, **정철훈** 내 졸음에도 사랑은 떠도느냐, **조항록** 지나가나슬픔, **차승호** 즐거운 사진사, **차창룡** 나무 물고기, **채호기** 수련, **최동호** 공놀이하는 달마, **최종천** 눈물은 푸르다, **한명희** 두 번 쓸쓸한 전화, **허만하** 물은 목마름 쪽으로 흐른다

## 【추천위원 명단】

| | | | | | | | |
|---|---|---|---|---|---|---|---|
| 강경희 | 강문숙 | 강상희 | 강신애 | 고영직 | 고종식 | 고형진 | 권혁웅 |
| 김선태 | 김수이 | 김영덕 | 김영재 | 김완하 | 김용락 | 김은령 | 김종태 |
| 김준태 | 김충규 | 김행숙 | 김형식 | 김혜순 | 나태주 | 나희덕 | 도종환 |
| 류 신 | 맹문재 | 문인수 | 문충성 | 문태준 | 박기섭 | 박남준 | 박상건 |
| 박시교 | 박용하 | 박제천 | 박주택 | 박 철 | 박형준 | 박호영 | 반경환 |
| 배한봉 | 서 림 | 서지월 | 손택수 | 손정순 | 송경동 | 송수권 | 송종찬 |
| 신용목 | 신채용 | 안도현 | 엄경희 | 여태천 | 오형엽 | 유성호 | 유승도 |
| 유재영 | 유재형 | 유종인 | 윤금초 | 윤을식 | 윤호병 | 윤희영 | 이경임 |
| 이기인 | 이기철 | 이달균 | 이병률 | 이상국 | 이상호 | 이선영 | 이성우 |
| 이숭원 | 이승철 | 이승하 | 이 안 | 이양훈 | 이우걸 | 이 원 | 이원규 |
| 이은봉 | 이장욱 | 이재무 | 이정록 | 이정환 | 이종암 | 이진영 | 이태수 |
| 이향지 | 임영조 | 장만호 | 장석원 | 장이지 | 정끝별 | 정복여 | 정상혼 |
| 정 영 | 정일근 | 정한용 | 정해종 | 조용미 | 차창룡 | 채향옥 | 천양희 |
| 최동현 | 최정례 | 최하림 | 최현식 | 하응백 | 한광구 | 한기팔 | 홍용희 |
| 홍일표 | 무 명(이상 114명) | | | | | | |

# 2003 '작가'가 선정한 오늘의 시

2003년 2월 25일 초판 1쇄 인쇄
2003년 3월 5일 초판 1쇄 발행

지은이 | 김춘수 외
펴낸이 | 孫貞順
펴낸곳 | 도서출판 작가
　　　　서울 서대문구 북아현3동 180-22 (우120-193)
　　　　전화 | 365-8111~2　팩스 | 365-8110
　　　　이메일 | morebook@korea.com
　　　　홈페이지 | www.morebook.co.kr
　　　　등록번호 | 제13-630호(2000. 2. 9.)

기획위원 | 이지엽 맹문재 오형엽
편집 | 이양훈 유재형
디자인 | 오경은
영업 | 설동근 유수권
사진 | 남종역

ISBN 89-89251-10-9

값 8,000원